내 나이 19세,
한순간도 빈둥거리지 않았다

내 나이 **19**세,
한순간도
빈둥거리지 않았다

/ 임지우 지음 /

내 기억에 뚜렷이 남아 있는 아이

나는 최근 리오(지우)에게서 한 통의 편지를 받았다. 하버드에 입학하여 학교생활을 아주 잘 해나가고 있다는 소식이 쓰여 있는 편지는 나를 무척 기쁘게 했다.

리오가 5학년 때 전학을 온 것이 지금도 내 기억에 생생한데, 리오는 편지에서 자신을 '자그마한 한국 꼬마'로 표현했지만, 나는 전혀 그렇게 생각하지 않는다. 리오는 5학년치고는 꽤 큰 편이었고 많은 노력을 하는 아이였기에 남달리 내 기억에 뚜렷이 남아 있다. 그때 리오는 약간의 영어를 구사하고 있었는데, 이해는 잘했지만 말은 잘 못했다.

학교에서는 리오에게 ESL(English as a Second Language) 시험을 치게 하고는 오전에 ESL 선생님과 함께 이 수업을 듣게 했다. 하지만 리오와 그 부모님이 그 수업에 참여하는 걸 원하지 않아서 그렇게 오래 수업에 참여하지는 못했다. 리오는 정규수업에 남아 있기를 더

원했다. 얼마 지나지 않아 ESL 시험을 통과하고는 5학년의 남은 기간을 우리 교실에서 수업을 받았는데 ESL 수업보다는 우리 교실에서 수업을 받았던 시간이 더 많았던 것 같다.

리오는 무척이나 부지런한 아이였던 것으로 기억한다. 우리 반에 있던 다른 미국아이나 한국아이보다 더 열심히 공부를 했다. 또한 매일 수영훈련을 받으면서 상당한 식이요법을 했다. 그러면서도 수업이나 숙제를 빼먹지 않았다.

리오가 5학년을 마친 후 몸 초등학교 선생님들은 늘 리오가 이루었던 것들에 대해 자랑스러워했다. 리오에 대한 기사나 상을 받은 기사를 서로 돌려보기도 하면서 무척이나 흐뭇해했었다.

리오는 또 무척이나 친절하고, 공손한 아이였다. 그래서 아이들은 리오를 금방 인정해주었다. 한국을 떠나 새로운 나라에 정착하는 것은 무척이나 힘든 일이었을 것이다. 영어와 문화, 관습을 배워야 했고, 또 새 친구들을 사귀어야 했으니 말이다. 그리고 정신력과 인내가 없으면 안 되는 일이기에……. 리오는 성공하고자 하는 타고난 열정이 있는 것 같았고 남들이 존경할 만한 방법으로 그것을 이뤄냈다.

나는 5학년 학생들을 수백 명이나 가르쳐봤지만 솔직히 모든 아이들을 다 기억하지는 못한다. 하지만 리오는 내 머릿속에 늘 생생히 기억되고 있다.

－제니퍼 그리피스 리오의 몸(Maugham) 초등학교 5학년 때 담임교사

그의 헌신으로 수영 팀의 명성은 날로 높아졌다

리오는 테너플라이고 수영 팀 역사상 최고의 선수이다. 아무도 리오와 비교를 할 수가 없다. 리오가 이뤄낸 것들을 아래에 열거하겠지만, 그것은 리오 자신이 더 잘 알고 있을 것이다.

내가 리오를 만난 것은 리오가 8학년일 때 사회 수업에서였으며 리오가 수영만큼이나 학업도 중요시하고 있었다는 것을 증명할 수 있다. 사회 수업을 무척이나 좋아했으며 수영만큼이나 학업도 열심이었다. 리오가 학업을 중시했다는 것은 다른 대부분의 주요 대학들이 수영 장학금을 주겠다며 리오와 접촉했음에도 하버드 대학을 선택한 것을 보면 분명히 알 수 있다. 우리는 종종 이 문제에 대해 얘기를 나눴는데 리오는 그때마다 학업이 우선이라고 말하곤 했다. 정말로 학업을 병행하는 운동선수 말이다.

테너플라이에서의 리오가 수영선수로 활동할 때 주목할 만한 점은 고등학교팀 동료에 대한 그의 헌신이었다. 리오의 수준과 비슷한 대부분의 다른 수영선수들은 리오 정도의 수영실력이 되면 팀 동료들을 저버리고 클럽 팀 수영에만 집중한다. 하지만 리오는 자신이 고등학교 수영 팀을 얼마나 사랑하는지 내게 말했다. 단지 고등학교 팀과 함께 기록을 깨는 것이 아니라 동지애와 팀 목표에 대한 헌신이 얼마나 중요한지 말이다.

리오에게 고등학교 수영 팀에 있는 친구들은 소중한 존재들이었으며 리오는 클럽 팀에서는 얻을 수 없는 중요하고도 많은 인생의 경험을 고등학교 운동부에서 얻을 수 있다는 것을 알고 있었다. 우리 고등학교 팀에 대한 이러한 헌신을 통해 우리 학교는 버겐 카운티 역사상 처음으로 연속 카운티 챔피언이 되었으며, 리오의 헌신적인 모습을 지켜본 다른 수영선수들은 고등학교 수영 프로그램을 나와서 클럽 팀으로 들어오라는 압력에도 불구하고 우리 팀에 헌신할 수 있었다. 그 결과 학생들 사이에서 우리 수영 팀의 명성은 날로 높아졌고 테너플라이고에서 인지도가 거의 없던 종목이 주요 종목이 되었다. 이것은 전적으로 리오 덕분이다.

이러한 모든 업적에도 불구하고 리오는 고등학교 학생으로서의 본분에 충실했다. 교실에 있을 때나 복도를 걸어갈 때 리오가 전국 챔피언이라는 사실을 알아차리지 못할 정도였다. 리오는 그냥 일반 학생일 뿐이었으며 리오도 그런 사실을 좋아했다.

기록들

- 4년간 대항 경기 및 카운티 수영 경기 무패
- 버겐카운티 수영대회 4회 우승 첫 번째 팀
- Star Ledger와 버겐 Record State 챔피언, 2009, 2011~2012년 올해의 수영선수 및 개인 혼영, 접영과 평영 및 접영에서 다수의 메달 획득
- 100m 접영, 100m 배영, 접영, 개인 혼영 전국 챔피언 대회 다수의 카운티 수영 기록 보유

• YMCA 200m 접영 기록: 100m 접영, 200m, 200m 자유형 릴레
이, 100m 배영, 100m 평영 및 400m 자유형 릴레이

—윌리엄 제이거테너플라이고 체육 주임교사

리오는 존경스럽고 흥미로웠다

리오의 대학진학 상담교사인 나는 리오의 다양한 고등학교 성적에
감명을 받았다. 리오는 한국에서 미국으로 왔을 때, 영어도 몰랐고
수영선수도 아니었다. 하지만 고등학교를 마칠 무렵, 리오는 수영
챔피언이었으며 우등생 수업을 듣고 SAT 시험에서 우수한 성적을
거둘 정도로 영어에 능통했다.

혹독한 수영 훈련 일정에도 불구하고 리오는 늘 학업에도 열중했
다. 까다로운 수업을 적게 들을 수 있었음에도 지식과 지적 자극에
대한 열정으로 학업에 정진했다. 졸업 이수학점이 115학점인데, 수
업에 대한 부담을 줄이라는 나의 제안에도 리오는 151학점이나 취
득했다.

리오가 고등학교 과정과 동급생 및 팀 동료들인 여러 친구들과의
생활을 즐기고 있다는 것은 매우 중요한 사실일 것이다. 동료들과
교사들은 리오의 충실함, 진실성 및 타인에 대한 용기를 존경했다.
리오와 대화를 나누고 있으면 나는 언제나 그가 존경스럽고 흥미로
웠다. 리오는 진정으로 테너플라이에서 자기 인생의 가장 뛰어난 측

면들을 끌어 모을 수 있었으며, 반면 우리에게 자신이 가진 가장 뛰어난 모습을 보여주었다.

—다운 알데지안테너플라이고 가이던스 카운슬러

나는 누구인가?

미래를 기약할 수 없던 나의 과거는 깊은 동굴 속을 헤매는 것 같았다. 그것은 나에게서 모든 것을 앗아갔으며 고통에 빠뜨렸고, 단 한 번도 내 모습 그대로 있을 수 있게 내버려둔 적이 없었다.

어두운 동굴 속에서 상처를 입은 채 지쳐 있던 나는 약해진 모습 그대로 추위 속에 떨고 있었다. 그러고 나서야 내가 세상에 대해 얼마나 무지했는지를 모르고 있었다는 생각이 들었다.

캄캄한 동굴 속에서 내게 허락된 것은 단 한 줄기의 빛이었다. 너무도 가느다란 빛이었지만 그것은 오히려 햇빛보다 더 밝았다. 나는 본능적으로 그 빛을 향해 기어갔다.

그런 몸부림 자체가 마음을 가다듬을 수 있는 좋은 약이 되었다. 덕분에 나는 달리고, 변화하고, 마음껏 외치며 나 스스로를 느낄 수 있게 되었다.

당시의 나는 전혀 방향을 잡지 못하고 있었다. 세상을 원망하면서 나 스스로가 전혀 다른 사람으로 이 세상을 살았으면 하고 바랐다. 하지만 내게 그럴 수 있는 선택권이 있었다 하더라도 지금까지의 내 삶에 있었던 그 어떤 것도 바꾸지 않았을 것이다. 내게서 물질적인 것을 앗아갔을지는 모르지만 너무도 많은 경험을 내게 남겨주었기 때문이다.

이 책을 집필하는 동안 내가 겪어왔던 삶에 대해 반추하는 소중한 시간을 갖게 되었다.

이 모든 경험을 다른 사람들과 공유하면서 나를 이뤄온 이 여정을 계속 이어갈 것이다.

나는 한국을 떠나 제2의 고향이라고 할 수 있는 북부 뉴저지에서 성장했다. 그곳에서의 생활은 주로 학교, 스포츠, 친구들이 중심이었다.

모든 사람이 사회에 공헌하기 위해서는 우선 스스로 교육을 받아야 하는데 여기서는 학교가 매우 중요하다. 따라서 학업과 운동에 동시에 집중하기 위해서는 균형을 잘 유지해야 한다. 수영은 시간이 많이 필요한 종목이기 때문에 시간 관리를 통해 기술을 습득해야 했는데, 이렇게 습득한 기술로 나는 학교와 지역사회에 헌신함은 물론 학생 운동선수로서의 신분을 유지할 수 있었고, 고등학교 생활을 성공적으로 헤쳐 나갈 수 있었다.

수영은 내게 시간을 관리하는 방법을 가르쳐주었으며 내 어린 시절을 좋은 방향으로 이끌어주었다. 또한 나의 성격을 보다 잘 형성해주었으며 수영장에서 보낸 모든 시간은 오늘날의 나를 하버드에 있게까지 했다. 수영을 할수록 나는 헌신과 인내를 배우게 되고 좀 더 높은 수준을 향해 나 자신을 끌어올릴 수 있는 기회가 되는 것 같다. 실패를 맛보면서는 오히려 앞으로 더욱 전진하게 되는데 이는 운동할 때뿐만 아니라 나의 모든 행동에 있어 중요한 포인트가 되고 있다.

　　팀 동료들은 내가 생각하는 것보다 훨씬 많이 내 인생에서 큰 역할을 하고 있다. 우리는 팀을 만들었다. 팀이라는 개념은 정말로 우리를 고무시키는 개념이며 앞으로 내가 마음속 깊이 간직하고 살아야 할 개념이라고 믿는다.

　　힘을 합쳐 무엇인가를 이루려고 노력하는 사람들은 더 많은 것을 이루어낼 수 있다. 따라서 내 친구들과 동료선수들은 내 삶을 함께 이끌고 나갈 동반자라고 생각한다.

　　이 책을 쓰면서 다시 한 번 지난날을 돌아볼 수 있는 기회가 되어 무엇보다 감사하게 생각한다. 앞으로 나와 같은 길을 걸을 수많은 후배들에게 이 책이 조금이나마 도움이 된다면 내게는 더 없는 기쁨이 될 것이며, 진심으로 그렇게 되기를 바라는 마음이다.

　　지금 나는 하버드에서 운동과 학업을 병행하고 있다. 그리고 세계에서 가장 뛰어난 사람들과 함께하고 있음에 늘 감사하게 생각한다.

　나는 지금 하루하루 새로운 것에 도전하고 내가 목표로 삼고 있는 것을 향해 앞만 보며 나아가고 있다.

하버드 기숙사에서

임지우

4

하버드는 내가 생각하는 그 이상이다

5

나는 나를 이렇게 다뤘다

24시간을 낱낱이 나눠서 분배했다 | 하루 2~3시간은 반드시 수영에 집중했다 | 일주일의 일정은 시작하기 전에 세웠다 | 유튜브를 통해 배웠다 | 고강도 학습을 했다 | 학교 수업이 끝난 후에는 항상 스포츠 등 과외활동을 했다 | 뉴스와 인터넷 서핑을 통해 교육과 건강관련 정보를 매일 확인했다 | 농구, 수영, 줄넘기, 훌라후프, 달리기, 윗몸 일으키기를 했다 | 배팅, 플레잉 캐치, 테니스, 스쿼시를 할 때 양손을 다 사용할 수 있도록 트레이닝했다 | 하루 4끼 식사를 했다 | 인내심, 집중력, 분석력을 기르는 바둑을 꾸준히 익혔다 | 사교성을 기르기 위한 파티에 참석했다 | 시합장 외진 곳에 취사도구를 갖다 놓고 끼니를 해결했다

경험의 풍부함

지금까지 내 인생에서 겪은 모든 일을 생각하면 나는 세상에서 가장 부유한 사람이라는 생각이 든다. 나는 부자로 산다는 것이 어떤 것인지 느껴봤다. 돈 걱정을 전혀 하지 않고 가족 안에서 성장한다는 것이 어떤 느낌인지 나는 알고 있다.

나는 갑자기 모든 것을 잃고 빈곤과 마주하는 느낌을 알고 있다. 방이 하나밖에 없는 집에서 네 식구가 사는 것에 대한 느낌과 친구들이 모두 듣고 있는 곳에서 급식 아주머니에게 "무료 급식 주세요."라고 말하는 것의 느낌, 그리고 부모님이 수영 코치에게 금전적인 도움을 구하는 것이 어떤 느낌인지 알고 있다.

나는 절박함도 느껴봤다. 나는 바닥을 친다는 것, 가족의 미래가 내 손에 달려 있는 것이 어떤 것인지 알고 있다. 나는 '헝그리 정신'이 어떤 것인지 알고 있다. 주변 사람 모두가 필요한 것을 모두 갖고 있다 하더라도 배고픈 자는 싸워야 한다. 경기를 할 때도 난 무언가를 위해서 했다. 남들은 그저 수영을 하고 있었지만 나는 내 가족과 내 미래를 위해 경기를 하고 있었다.

나는 또한 외국인으로 산다는 게 어떤 것인지 느껴봤다. 나는 단 하루 만에 모든 것을 잃고 이사를 해야 한다는 것이 어떤 느낌인지 알고 있다. 미국으로 가는 비행기 안에서 나는 내가 갖고 있던 모든 것을 잃었다는 것을 알았다. 내 친구를, 학교를, 문화를, 집을……. 게다가 언어까지도 잃어버린 나는 이 새로운 세상에서 어떻게 살아야 하는지 알지 못했다. 난 이민을 갈 준비가 되어 있지 않았다. 난 겨우 10살이었다. 완벽한 세상 속에서 곱게 자라고 있던 나는 그 모든 것이 갑자기 사라진 낯선 행성 어딘가에 홀로 뚝 떨어진 기분이었다.

나는 성공이란 것도 느껴봤다. 나는 모두를 제치고 제일 꼭대기에 올라서는 것이 어떤 느낌인지 알고 있다. 나는 12살까지 11~12살 부문 전 미국 수영 랭킹 1위를 놓치지 않았다. 그리고 하버드에 입학하게 된 것은 내 인생에 있어서 가장 성공적인 일이었다.

나는 지금 이 모든 경험들 덕분에 세상에서 가장 큰 부자가 된 느낌이다. 세상을 알기 위해서는 평생을 같은 환경에서 생활하는 것보다는 인간이 살아갈 수 있는 곳이라면 어디에서라도 살아보는 것이 좋지 않을까? 그 덕에 나는 온갖 사람들이 느끼는 감정을 조금이나마 일찍 이해할 수 있게 되었다.

나는 완벽한 문화는 있을 수 없다는 결론을 내렸다. 모든 인간을 위한 최상의 문화란 없다. 하지만 여러 문화가 합쳐져서 나타나는 문화가 기존의 것보다 더 낫다고 생각한다. 나는 그것을 미국이 왜 '살기 좋은 곳'인지에 대한 이유라고 믿는다. 미국은 많은 문화가 섞인 속에서 배울 것이 있고 서로의 균형을 찾아가기 때문이다. 대조와 충돌이 발생하는 문화들 속에서 절충할 수 있는 부분이 생기고 이를 통해 서로 공존할 수 있는 부분을 찾을 수 있다. 내 생각에는 이런 절차를 통해 미국은 모든 인류가 함께 향유할 수 있는 문화를 만들어왔다고 본다.

나는 이민으로 인해 두 가지 다른 문화를 경험해보는 특권을 누렸다. 13시간의 비행을 거쳐 아메리카라 부르는 이 땅에 날아왔을 때 내 어린 시절의 모든 것은 고스란히 한국에 남아 있었다. 겨우 10살이 되어 다시 시작하는 내 인생은 망가진 필름처럼 정말 얼마 안 되는 기억 이상의 아무것도 없었다. 그리고 마치 이 세상의 모든 것을 알고 있다는 듯, 어린아이답지 않은 생각으로 나는 6천 마일을 날아 완전히 새로운 세상에 오게 되었다.

이 낯선 곳에서 아이는 모든 것을 다시 시작해야 했다. 지금까지와는 전혀 다른 방법으로 말하고 행동하며 살아가야 했다. 모든 것을 처음부터 다시 시작해야 했다. 지금 그는 새로운 세상에 태어난 것이 아니라 만들어지기 시작한 것이다.

듣다 보면 꼬맹이 하나가 겪은 두려운 경험에 관한 것처럼 들릴 수도 있다. 물론 새로운 세상에 대한 두려움이 없진 않았다. 하지만

난 그때의 불안감과 혼란만큼이나 기대와 흥분도 컸음을 분명히 기억할 수 있다.

　뉴욕 JFK 공항에 도착한 나는 노랑머리에 창백한 얼굴을 한 사람들을 보았다. 미국에는 정말 많은 피부색의 인종이 살고 있었다! 심지어는 눈 색깔도 파란색과 녹색이었다. 처음 본 형형색색의 인간 군상은 10살짜리 꼬마의 마음을 완전히 사로잡았다.

방 한 칸짜리에서
네 식구가 살다

하버드에 합격하다

미국에 정착한 우리 집의 첫 번째 자동차는 20년도 넘은 포드 중고
차였다. 어디를 가든 500달러를 주고 산 이 차를 끌고 다녔다. 수영
대회에 참석하기 위해 장시간을 운전한 적도 있다.

언젠가는 고속도로에서 자동차가 망가져서 지나가던 할머니의 도
움을 받기도 했다. 나중에 바꾼 것도 평범한 차였다. 너무 새것도, 오
래된 것도 아니었고 은색이지만 반짝반짝 빛이 나거나 깨끗하지도
않았다. 그렇다고 너무 칙칙하거나 더럽지도 않았고, 화려한 범퍼 스
티커도 붙이지 않은 평범 그 자체였다. 하지만 이 차야말로 내가 수
영대회를 마치고 집으로 올 때마다 1시간 이상을 소비하는 공간이면
서 그와 동시에 매일 아침 등교할 때마다 휴식을 하는 곳이었다.

나는 그 자동차 안에서 잠을 자고 음식을 먹고 아버지와 대화를
나눴다. 그리고 그곳에서 나는 아버지를 통해 이글스, 비틀즈, 비치

보이스 같은 옛날 음악들을 접할 수 있었다. 우리는 요즘도 가끔 이글스의 노래를 크게 따라 부른다. 아버지가 휘파람을 불기 시작하면 우린 그 소리에 완전히 빠져들고 만다.

운행 중 도로에서 멈추는 등 고장을 자주 내던 포드 중고차에 가족의 안전을 맡길 수 없었던 아버지는 한국에 계신 할머니의 도움으로 좀 더 나은 차를 어렵게 장만하게 되었다.

그 차 안에서 가장 인상적인 기억은 10월의 어느 목요일 저녁에 연습을 하러 갈 때였다. 수영장 도착까지는 5분 남짓 남은 상태였고, 나는 머리를 자동차 창문에 기댄 채 잠이 들어 있었다. 그때 주머니에서 울리는 내 휴대폰의 진동 소리에 잠이 깼다. 휴대폰을 보니 모르는 번호였다. 잠깐 망설이다가 "여보세요?" 하고 전화를 받았다. 잠시 후 내 얼굴에는 커다란 미소가 번졌다. 난 "고맙습니다."라는 말을 연발하면서 전화를 끊었다.

아버지가 한쪽 눈으로는 전방을 주시하면서도 다른 한쪽으로는 궁금한 눈빛을 보냈다. 하지만 곧 무슨 내용인지 알아채셨다.

"아버지, 저 하버드에 합격했어요!"

그때 아버지가 지었던 미소는 나로서는 난생 처음 보는 것이었다. 아버지의 표정은 항상 심각해서 거의 찌푸리거나 굳은 모습이었는데, 그날만큼은 미소 띤 얼굴로 내게 손을 내미셨다. 처음엔 그것이 무슨 의미인지 이해하지 못했다.

나도 아버지를 향해 손을 내밀었고, 아버지는 내 손을 잡고 악수를 하셨다. 난 그 순간을 지금도 잊을 수가 없다.

　전화는 하버드 입학사정관으로부터 온 것이었고, 그는 나의 합격
소식을 알려주었다.

내가 집이라고 부르는 곳

나는 지금 하버드가 있는 케임브리지에서 고속버스를 타고 있다. 추수감사절을 맞아 하버드에 입학 후 처음으로 집에 가는 길이다. 버스로 불과 5시간이면 도착할 수 있는 나의 집, 진짜 집으로 돌아간다는 것이 정말 어색하다. 지난 2개월하고 보름 동안 나의 집은 기숙사인 스트라우스 A12호실이었으니 말이다.

나는 이 짧지만 엄청났던 시기에 내게 일어났던 모든 일을 생각해보고 있다. 내가 보고 경험한 것들, 나의 친구가 되어준 그 많은 사람들, 그리고 내가 얼마나 즐겁게 보냈었는지를 생각해본다.

최근 2개월은 정말 쏜살같이 지나갔지만 내 인생에 있어선 가장 긴 2개월이었다. 너무 많은 일들이 있었고, 너무 많은 것들을 배운 나는 전혀 다른 사람이 되어버렸다. 케임브리지가 나를 과연 얼마나 바꿔놓았는지 궁금하다. 이 짧은 기간에 많은 일들이 있었지만 앞으로 다가올 4년이 또한 너무 기대된다.

내 이름은 여전히 리오임이고 내 키도 그대로 6피트이며 생김새도 변한 것이 없다. 하지만 나는 지금 전혀 다른 사람이 되어 새롭게 시작하고 있는 기분이다.

몇 시간 후면 도착하는 우리 집에 대해 생각해본다.

난 내 방을 갖고 있다고 확실하게 말할 수가 없다. 내 방이라고 해봤자 거실 구석의 아주 조그만 공간, 식탁 바로 옆이기 때문이다. 거기에 내 책상과 침대를 붙여두고 생활공간으로 이용했다. 어쩌다 보니 내 책상은 조금씩 원래의 목적을 잃어가고 있었다. 한 뭉치의 책과 종이가 책상 위를 뒤덮은 것을 시작으로 시간이 지날수록 젖은

우리 가족이 미국생활의 대부분을 보냈던 연립주택

내 수영복과 수건을 말리는 장소로 탈바꿈하고 있었다.

결국 그 책상의 기능은 그때마다 별로 중요하지 않은 물건을 놓아 두는 곳이 되어버렸다. 하지만 내 침대만큼은 그래도 좀 자랑할 만하다. 침대 크기가 정확히 얼마인지는 모르지만 우리 집에서 제일 크고 내가 알고 있는 가장 호화스러운 곳이라고 할 수 있다. 우리 집이 아마 우리 타운에서 제일 작겠지만 내 침대만큼은 세상에서 제일이라는 생각이 들었다. 길거리에서 주워온 허름한 가구들 사이에 둘러싸여 있지만 힘든 운동으로 지친 내 몸을 회복하고 공부를 하는 곳이 바로 그 침대였다. 그 집에서 살아오는 동안 유일하게 내가 필요로 했던 장소였다.

거실 건너편에 있는 아버지의 침대는 작은 편이었다. 아버지는 체구가 큰 편이기 때문에 더 작아 보이기만 했다. 가끔은 나 혼자 좋은 침대를 쓰는 것 같아서 약간 죄책감이 들기도 했다. 조만간 아버지가 편히 쉴 수 있는 침대를 어느 길거리에선가 찾게 되길 바라고 있다.

아버지의 침대 앞에는 조그만 침실용 스탠드와 낡고 오래된 노트북이 있다. 밤이면 아버지는 침대 위에 배를 깔고 누워서 그 노트북으로 체력관리에 대한 조사를 하거나 수영에 관한 자료들을 연구하신다. 아버지가 키보드 버튼을 누르는 소리를 들을 때마다 나는 장학금을 털어서라도 아버지께 맥북을 사드리고 싶은 생각이 든다. 누구보다도 그것이 필요한 분이기 때문이다.

크리스마스트리 같은 장식은 생각도 할 수 없는, 방이 단 하나뿐인 비좁은 우리 집, 사실 우리는 생활에 여유가 거의 없었다. 생활하기에도 바빴던 우리 가족은 휴일과 특별한 일이 있는 날은 단순히 잠시 휴식을 취하는 날로 생각하거나 생존을 위한 또 다른 노력을 해야 하는 날로 여겼다.

그때만 해도 우리는 휴일의 중요함 따위는 무시한 채 생활에만 집중했다. 하지만 크리스마스를 손꼽아 기다리던 내 조그만 여동생 클리오가 더 이상 크리스마스를 기다리지 않는다는 사실을 깨닫게 된 나는 충격을 받았다.

어린아이라면 대개 겨울이 시작될 무렵부터 그날이 오기를 기대한다. 하지만 우리에게 선물은 구입하기에 너무 비싼 것일 뿐이었고, 이 나라에서 살아남기 위해 필요한 것에는 크리스마스와 관련된 것들은 단 하나도 없을 시기가 바로 그때였다.

그러다가 일종의 기적과도 같이 마침내 2012년이 되어서야 우리 집에 크리스마스트리를 놓을 수 있을 만한 공간이 생겼다.

그날 밤 클리오와 나는 함께 즐거운 크리스마스 영화를 봤다. 나는 비록 영화 한 편이었지만 클리오가 행복해하는 것을 보고, 그해 크리스마스는 그래도 만족스러웠다.

뉴욕 JFK 공항에 내리다

내가 미국이라는 나라에 오게 된 것은 아주 갑작스럽게 벌어진 일이었다. 나는 적어도 그때까지 내가 미국행 비행기에 오른다는 것을 한 번도 상상하지 못했었다. 하지만 그 일은 바로 내 앞의 현실이 되어 있었다.

어릴 적 서울에 살 때 견학차 유럽에 가본 적이 있기 때문에 비행기를 처음 타본 것은 아니었지만, 이번에는 다시 돌아올 수 없는 여행이라는 생각이 들었다. 지금 생각해보면 미국 땅을 밟으면서 머리에 새겨진 것은 그림에서만 보던, 자유의 여신상이 있는 곳이라는 것과 하얀 피부의 사람들이 살고 있다는 것뿐이었다.

드디어 뉴욕 JFK 공항에 내린 나는 내가 알고 있는 모든 영어단어를 떠올리기 시작했다. Hi, hello, how are you, apple, bat, cake, dog……. 난 5학년치고는 꽤 똑똑한 편이었다.

공항에서 그리던 부모님을 만나니 너무도 반가웠다. 며칠 먼저 미국에 오신 부모님은 나와 동생을 힘껏 껴안아주었다. 하지만 나는 서로 껴안는 백인들 무리에 둘러싸인 것으로 인해 완전히 얼어 있었다. 우리 주변에 있는 사람들 모두가 우리의 다른 피부색, 옷차림, 언어 때문에 우리를 쳐다보고 있는 것 같았다. 나는 어머니에게 다시 한국으로 돌아가고 싶다고 말했다.

우리는 공항에서 두어 시간을 달려 우리가 살 집에 도착했다. 엄밀히 말해 집이라기보다 집과 같은 형태의 겨우 사람이 살 만한 곳이라고 할까? 그런 곳이었다. 그곳엔 한국에서 내가 살던 곳과 같은 커다란 아파트도 보이지 않고 단독주택들만 있었다. 어딜 가나 나무는 정말 많았다. 그리고 그렇게 넓은 공간들이 펼쳐져 있는 것이 놀랍기만 했다.

우리가 살게 된 집은 우리가 아는 분이 소개한 가족이 사는 집이었다. 그분들과 인사를 하고 나서도 나는 왜 내가 거기에 있어야 하는지 이해가 되지 않았다.

우리가 살아야 할 곳은 그 집의 지하실이었다. 부모님이 월세를 낼 수 있을 정도로 돈을 벌 때까지는 그렇게 살아야 했다. 나와 동생은 그렇게 불안정함 속에 빠져 지냈다. 그렇다고 우리에게 그 무엇을 바꿀 수 있는 힘이 있는 것도 아니었다. 우리는 그저 그 모든 걸 견뎌내며 살아가야 했다.

나의 고향과 같은 테너플라이

2005년 6월, 뉴저지 북부의 어느 집 지하실에서 우리는 하루하루 희망도 없이 무엇을 어떻게 해야 할지도 모른 채 보내고 있었다.

느닷없이 한국을 떠나 미국이라는 낯선 땅에 온 우리가 맨 처음 해야 할 일은 살 수 있는 거처를 마련하는 것이었다. 그 다음은 새 학기가 시작되는 9월에 맞춰 내가 학교를 계속 다닐 수 있게 하는 것이었다.

여름이 막바지에 다다랐을 때, 우리는 테너플라이에 거취를 마련하기로 했다. 그곳은 뉴저지에서 공립학교 시스템이 가장 잘 되어 있는 곳 중 하나였다. 따라서 우리가 살기에 가장 완벽한 타운처럼 느껴졌다. 하지만 우리의 상황은 매우 열악했다. 어머니와 아버지가 당장 일할 곳을 알아봐야 했고, 그야말로 당장 내일이 보이지 않는 절망적인 상황이었다. 모든 것을 뒤로 한 채 한국을 떠날 수밖에 없는 부모님의 급박한 사정을 어린 나로서는 도저히 이해할 수 없었다.

다행히 어머니가 그 타운 근처의 스킨케어 가게에 우선 직장을 잡을 수 있었고, 아버지도 종종 잡일거리를 맡아 하시게 되었다.

어느 정도 돈을 손에 쥐게 되자 테너플라이에서 작은 아파트를 얻을 수 있었다. 타운에서 가장 허름한 곳이지만 그런대로 우리 가족은 정상적인 생활을 할 수 있게 되었다. 비록 정거장과 상점들이 있고, 탁한 공기 속으로 시끄러운 음식 배달 트럭이 계속 오가는 곳이기는 했지만……

그런 곳이긴 해도 테너플라이는 훌륭한 교육 프로그램을 갖춘 곳으로 알려져 있었다. 가난한 집 아이라도 교육을 통해 성공할 기회를 가질 수 있는 곳이라 우리는 그곳에 정착할 수밖에 없었다. 부모님은 그것만으로도 매우 만족해하셨다.

백인 동네인 그곳은 주로 유대인들이 많이 거주하고 있어서 교육 시스템이 훌륭했다. 과외활동을 할 수 있는 기회도 많았으며 학교 프로그램은 내가 공립학교에서 얻어낼 수 있는 최고의 것들이었다.

그리고 장차 내 운명을 바꿔놓을 유대계 미국인들이 운영하는 카플란 JCC가 타운에 있었다. 그곳은 유아에서 노인에 이르기까지 온갖 프로그램이 제공되는 곳이었다. 한국에서 갓 이사 온 나 같은 아이에게 그곳은 한마디로 천국이었는데, 이를테면 피트니스센터, 실내외 수영장을 비롯해서 다양한 시설과 프로그램이 갖춰져 있었다. 나는 이 클럽에 얼마 뒤 입회할 수 있었는데 한국 분들이 금전적으로 도움을 주었기 때문에 가능했다.

　말하자면 나의 미국생활은 테너플라이에서 제대로 시작되었다고
볼 수 있었다. 학교생활에서부터 수영선수 생활에 이르기까지…….
이제 나의 새로운 고향은 누가 뭐라 해도 뉴저지 테너플라이라고 말
할 수 있다.

나의 어머니와 아버지

나는 태어나서 지금까지 10년은 어머니의 손에 자랐고, 그 다음 10
년은 아버지의 손에 자랐다고 해도 과언이 아니다.

어머니는 직장생활을 20년 정도 하셨는데, 그 일을 그만두신 후에
는 가사를 돌보며 나와 동생을 키우는 평범한 가정주부로 사셨다.

그 시기에 아버지는 하시는 사업이 너무 바빠서 우리와 함께 이야
기를 할 기회조차 많지 않았다. 그때의 아버지는 그냥 돈을 벌어다
주는 존재일 뿐이었다. 따라서 우리를 먹이고, 기르고, 교육하는 일
은 모두 어머니의 몫이었다. 그런 모습은 일반적인 한국 가정의 모
습과 다르지 않았다. 즉 나는 최소한 그때는 평범한 부모님 밑에서
자라는 평범한 아이인 것처럼 느꼈었다.

하지만 아버지의 사업 실패로 우리는 갑작스럽게 한국을 떠나야
했고, 당시로서는 어린 내가 이해할 수 없는 상황들이 계속해서 벌

어지고 있었다. 그리고 그동안 생활해온 것과는 전혀 다른 낯선 환경에 적응을 해야 했다.

당시 일자리와 비자 문제로 인해 일을 할 수 있는 자격을 갖고 있는 사람은 어머니가 유일했다. 그래서 어머니는 스킨케어 숍에서 일을 하시게 되었고, 대신 아버지가 식사를 챙겨주시고 공원이나 도서관에 데려다주셨다. 두 분의 역할이 갑자기 뒤바뀌게 된 것이다. 그렇게 생활을 해야 하는 환경에 적응하는 데는 시간이 좀 걸렸다. 그것은 마치 다른 부모님과 함께 새로운 인생을 살아가는 법을 배우는 것 같은 느낌이었다. 어머니께서 해주셨던 것들을 아버지는 해주지 않거나 다른 방법으로 해주셨기 때문에 때로는 당황스러울 때도 있었다. 마치 새로운 보호자에게 입양되어 살고 있는 것 같은 느낌도 들었다.

그런 어느 날, 아버지께서 내게 이렇게 말씀하셨다.

"지우야, 엄마 대신 아버지가 너희를 돌보니 많이 불편하지? 조금만 참아라. 우리에게도 좋은 날이 오겠지. 그 좋은 날은 지금은 상상하지도 못할 것들을 너에게 가져다줄 거야. 그러니 우리 조금만 참자. 알았지?"

아버지는 조금은 엄격했지만, 가끔은 자상하게 다독이는 말씀도 해주셨다. 나는 그런 아버지에게 늘 감사하게 생각한다.

나는 사실 한국에서 살 때만 해도 공부의 필요성이라든가 어떤 목표로 무엇을 해야 하는지를 잘 깨닫지 못했다. 그저 하루하루 공부나 그 밖의 다른 과외활동에 최선을 다할 뿐이었다. 그런데 미국에 와서 내 가치관이나 어떤 목표가 뚜렷해지게 되었다. 그렇게 되기까지는 아버지라는 존재가 늘 내게 버팀목이 되어주셨기 때문이라고 생각한다.

내가 손을 뻗으면 늘 그 자리에 계시는 아버지와 어머니, 이 글을 통해 감사하다고 말씀 드리고 싶다.

어머니에 대한 단상을 떠올리자면, 수없이 많은 일들이 주마등처럼 스쳐 지나간다.

한없이 따뜻하고 포근한 나의 어머니, 늘 나를 긍정적으로 바라보시고 내 말이라면 무조건 수긍해주시는 어머니, 그런 나의 어머니는 잠자리에 들면 2초도 안 되어서 깊은 잠에 빠지신다. 그런 모습을 뵐 때마다 그만큼 고된 생활을 하고 계신 반증이기에 늘 죄송하고도 마음이 뭉클해진다.

나는 욕실로 가는 길에 가볍게 코를 골면서 주무시는 어머니를 가끔 지켜볼 때가 있다. 방이 하나뿐이기 때문에 우리는 네 식구가 잠자는 모습을 보는 것이 지극히 자연스럽다.

건조하고 주름지고 매우 지쳐보이는 얼굴, 어머니의 몸은 숨 쉴 때마다 담요 아래에서 조금씩 아래위로 움직이는 것 말고는 전혀 움직임이 없다.

그럴 때면 나는 조심스럽게 다가가 어머니 옆에 앉아서 손을 유심히 살펴본다. 작고 주름이 많은 손, 나는 어머니의 손을 부드럽게 내 손바닥 위에 올려놓고는 아기 손바닥만 한 어머니의 손을 꼭 쥐어본다. 다 닳고 약해진 손이지만 아직도 우리 가족 모두를 지탱해주고 있는 손이다. 일주일에 6일을 일하는 손이며, 오전 8시에 집을 떠나 밤 8시까지 일을 하는 손이다. 매일 밤 지친 모습으로 돌아와 가족을 위해 음식을 만드는 손이기도 하다.

다른 어머니들이 미용실이나 사우나에서 휴식을 취하고 있을 때, 우리 어머니는 그들에게 얼굴 마사지를 해주거나 화장과 손톱 관리를 해주는 일을 하신다. 그 연세에 그런 일을 하는 것이 힘겨우시겠지만 그 모두가 내 동생 클리오와 내가 이 나라에서 건강하게 자라고 교육의 혜택과 기회를 얻게 하기 위한 희생인 것이다.

어머니는 우리가 없었다면 아침 일찍 일어나거나 그토록 오랜 시간 동안 일하지는 못했을 것이고, 또 살아갈 의미가 없었을 것이라고 하신다. 우리의 존재가 어머니의 삶을 지탱하는 희망인 것이다.

방 한 칸짜리에서
네 식구가 살다

우리는 지인의 집 지하실에서 살다가 얼마 뒤 방 한 칸짜리 연립주택으로 이사를 했다. 우리 네 식구는 잠을 잘 때면 지금도 서로의 발이 닿는 것이 자연스럽다.

한국에서 살 때는 겪어보지 못한, 아니 태어나서 지금까지 한 번도 경험하지 못한 환경과 상황들이 처음엔 많이 당황스러웠다. 미국이라는 낯선 땅, 낯선 하늘 아래서 어쩔 수 없이 닥치는 일들을 어쩌면 무방비 상태에서 받아들여야 했다. 덕분에 나는 조금은 생각을 많이 하는 조숙한 아이로 자라게 된 것 같다. 부모님이 어떤 결심으로 미국에 오게 되었는지 알 수 없었고, 갑자기 주어진 환경에 어리둥절할 뿐이었다.

아마도 아버지의 사업 실패와 우리의 교육 때문에 미국으로 오게 된 것이 아닌가 생각한다. 내가 10살이 되면서 아마추어 바둑 4단 자격증과 합기도 2단 자격증을 쉽게 따내는 걸 보시고, 그런 결심을 하신 것도 같다.

한국에서도 조그만 집에 네 식구가 사는 것이 물론 힘겨운 일이겠지만, 미국에서의 생활은 더더욱 쉬운 일이 아닌 것 같다. 뭔가 부족함이 없는 상태에서 마음껏 뛰어놀고 아무것도 거칠 것이 없는 생활을 하다가 미국 땅의 새로운 환경에 접해야 하니 모든 것이 충격적인 상황이었다.

그때만 해도 예상치 않은 일이었기에 갑자기 내가 왜 이런 환경에 살아야 하는지 의문이 들었지만, 그렇다고 부모님에게 물을 수도 없었던 것 같다. 부모님은 나보다 더 힘겨운 상황에 처해 있음을 말을 하지 않아도 충분히 알 수 있었기 때문이었다.

우리가 사는 곳은 정말 열악했다. 가구며 옷이며 그야말로 무엇 하나 만족스런 상황이 아니었다. 한국의 몇십 년된 아파트보다 더 좋지 않은 환경이라면 믿을 수 있을까? 수시로 각종 벌레들이 나오는 그런 곳이었다. 부모님과 우리는 그곳에서 하루하루 힘겨운 나날을 보냈다.

지금 내가 이 글을 쓰는 하버드 기숙사, 이 아름답고 쾌적한 곳에서 지금도 부모님과 클리오가 사는 그곳을 생각하면 마음이 편치 않다. 하지만 언젠가는 우리 가족도 좀 더 나은 조건을 갖춘 집에서 살게 될 것을 믿기에 희망의 끈을 굳게 잡아본다.

그렇기에 내가 미국 땅에 와서 생각할 수 있는 것은 조금 더 노력을 하자는 것이었다. 그것이 지금의 나를 만들지 않았을까?

성공은 노력하는 자에게 주어지지만, 그 노력은 고통을 수반했을 때 제대로 빛을 발한다고 믿는다. 즉 이 미국이란 땅에서 살아남으려면 어떻게 해야 할지를 어릴 때부터 나는 마음속 깊숙이 체득하고 있었던 것 같다. 지금 생각하면 어린아이에게 닥친 그런 열악한 상황을 아무런 불평불만 없이 어떻게 순조롭게 넘길 수 있었는지 기특하기도 하고, 나 자신이 자랑스럽기도 하다. 그로부터 나는 한순간도 빈둥거리지 않는 철저한 아이로 성장하기 시작한 것 같다. 그런 생활을 탈피하기 위한 방법이란 나 자신이 무엇이든 노력하지 않으면 안 된다고 생각했을 것이다.

또한 방이 하나인 공간에서 생활했기에 우리 가족은 어느 누구의 가족보다 그만큼의 끈끈한 정도 생겼을 것이라고도 생각한다.

아버지는 곧잘 온갖 가구며 생활용품을 길거리에서 주워오셨다. 집에 있는 것이라곤 간단한 생활필수품이 전부인 우리로서는 그런 것들을 싫어할 이유가 없었다. 미국에선 좋은 물건들이 거리에 많이 버려지기 때문에 우리가 주워서 쓰더라도 흠잡을 곳이 없는 물건들이 대부분이었다. 게다가 그것들을 버리는 사람들 중에는 "Sorry, please take these."라고 써 붙여 놓은 사람들도 많았다.

우리 집은 현관문을 통과하고 나면 아버지의 인테리어 디자인 기술이 선보이기 시작한다. 그리고 그것은 단 한 번도 우리를 실망시킨 적이 없었다.

새로운 물건이 들어오면 우리는 특별한 방법으로 소파를 옮기고 테이블은 반대쪽으로 옮긴다. 그러면 갑자기 새 물건을 놓아둘 약간의 공간이 나타난다. 우리는 항상 조심스럽게 감탄사를 발하는데, 아버지는 그런 우리의 모습에 더욱 고무되어 집 안으로 더 많은 가구들을 들여오셨다. 이런 일이 반복될수록 우리의 방 하나짜리 아파트는 점점 더 작아지는 것 같았다. 어떻게 그 많은 테이블과 침대, 의자, 선반이 우리 자동차 지붕을 거쳐 그렇게 쉽게 집 안으로 들어왔는지 지금 생각해도 놀라운 일이다.

가구가 처음 집으로 들어왔을 때는 무척이나 낯설었지만 시간이 지날수록 익숙해지고 잘 어울려 보였다. 우리는 점점 가구에 애착을 갖게 되었지만, 우리 집이 왠지 퍼즐조각으로 이루어진 것만 같은 생각은 떨쳐버릴 수 없었다.

좁은 방의 한 귀퉁이 내 공간에서

방 한 칸짜리에서
네 식구가 살다

미국에서의 등교 첫날

나는 2005년, 5학년 1학기를 몇 주 다니던 중 한국을 떠났다. 그런데 비자 문제로 인해 미국에 도착하자마자 바로 초등학교에 입학할수가 없었다. 그때 나는 5학년이었고 완전히 새로운 나라에 와서 살아가야 한다는 사실보다 매일 학교에 다닐 수 없다는 사실이 더 힘들었다. 그런데 막상 전혀 익숙하지 않은 환경에 완벽하게 둘러싸이자 매일 학교에 가지 않는다는 사실보다 갑자기 내 인생은 어떻게되는 것인가 하는 불안감이 엄습해왔다.

지금 생각하면 그 작은 꼬마가 앞날에 대해 처음으로 가져보는 두려움이라고 할 정도로 그 기억이 생생하다. 부모님도 해결할 수 없는 어떤 것, 뭔가 아무도 도와줄 수 없을 것 같은 상황이 캄캄한 먹구름이 되어 몰려오는 것 같았다.

제대로 학교를 다닌 것은 우리 가족이 법적으로나 물리적으로 안정을 찾은 다음이었다. 미국에 온 지 6개월이 지난 2006년의 여름이 거의 끝나갈 무렵, 나는 미국 학교에 다닐 준비를 시작했다. 그때까지도 나는 진짜 이곳에 잘 정착했다는 생각은 들지 않았다. 나 스스로 나를 평가할 때 친절하고 사교적인 아이라고 생각했지만 미국에서 학교생활을 새로 시작한다는 것은 즐겁기보다 무척 신경이 곤두서는 일이었다.

우선 가방부터 걱정되었다. 한국 TV 캐릭터가 그려져 있고 한글이 쓰여 있는 가방 때문에 너무 '한국 사람'인 것처럼 보이지는 않을까 염려되었다. 왜냐하면 미국 아이들은 '한국이 어떤 곳이고, 어떤 사람들이 살고 있는지나 알고 있을까?'라는 궁금증 때문이었다.

학교가 가까워지자 함께 짝을 지어 걸어가는 아이들 몇 명이 보였다. 나는 내가 아는 사람이 아무도 없다는 것을 새삼 실감했다. 그래서 나는 아이들이 걷고 있는 무리 속으로 슬그머니 끼어들었다.

건물 안으로 들어서자 어디로 가야 할지, 무엇을 해야 할지 도저히 알 수가 없었다. 그래서 나는 겨우겨우 교무실을 찾아갔다. 엉성한 영어로 나는 "내 이름은 임지우입니다."라고 말했다. 다행스럽게도 오늘 전학 온 학생이란 걸 이해하고 한 여자 분이 친절하게 나를 교실까지 데려다 주었다.

교실은 파란색, 녹색 등 여러 가지 색깔의 눈을 가진 아이들로 가득했다. 내가 교실로 들어서자 모든 눈들이 나를 주목했다. 나의 새로운 담임이 되신 그리피스 선생님은 나를 소개했다.

"안녕, 애들아. 여기는 지우야. 한국에서 왔단다. 오늘부터 너희들 이랑 함께 공부할 거야."

나에 대한 짧은 소개였다.

테너플라이에 있는 초등학교에 간 나는 곧바로 부유한 집안 출신의 아이들에게 둘러싸였다. 솔직히 말해서 고등학교 때까지도 친구들이 내가 있는 쪽으로 BMW나 벤츠(사실 무슨 차든 상관없이)를 몰고 올 때마다 나는 화가 났다.

난 내 스스로에게 그들이 그런 대접을 받을 가치가 있는지를 물었다. 그들은 자기 차를 소유하고 역겹도록 큰 집을 소유할 가치가 있고, 나는 내 것이라고 부를 수 있는 것이 하나도 없으며 가족이 편안히 쉴 공간조차 제대로 갖추지 못한 것이 맞는지를 내게 물은 것이다. '내가 전생에 뭔가 큰 잘못을 했나?' 하는 생각도 했다. 나는 내 친구들이 항상 나를 여기저기 태워줘야 하는 상황이 끔찍하게도 싫었다. 그건 내가 항상 도움이 필요한 사람인 양 느껴지게 만들었으며 내 스스로를 짐짝처럼 느끼게 만드는 것이었다.

난 침실도 여러 개 있고 세상 걱정 하나 없는 것 같아 보이며 부모가 있는 친구들의 집에 가는 것이 무엇보다 싫었다. 나의 빈곤을 그들이 가진 것과 비교하지 않는다는 것은 정말 힘든 일이었다. 나는 어쩔 수 없이 계속 살아가야 하는 좁아터진 집으로 돌아오는 것이 싫었다. 초등학교 이후 지금까지 그 누구도 우리 집에 와본 친구는 없었다. 아주 친한 친구조차도 말이다.

바둑과 월반

이 시점에서 나의 어머니의 교육에 대한 열정과 어린 시절 내가 원하는 모든 것을 할 수 있도록 가능하게 해준 아버지의 재력에 감사를 해야 할 것 같다.

어머니는 교육이라는 것이 단순히 책을 읽거나 수학 문제를 푸는 것이 전부는 아니라고 생각하셨다. 다른 많은 일들을 해결하려고 애쓰고, 세상 돌아가는 모든 일들을 경험하는 것이 더 좋은 교육이라고 생각하셨다. 그리고 비록 미국에 오기 전까지였지만, 아버지의 사업 성공으로 인해 나는 다른 많은 것들을 경험해볼 수가 있었다.

처음 시작은 운동이었다. 어머니가 처음으로 나를 수영 강습에 보낼 때만 해도 가장 큰 이유는 내가 방학 동안 호텔 수영장을 돌면서 즐겁게 수영을 즐길 수 있기를 바라서였다.

사실 처음 수영하는 방법을 배운 곳은 제주도에 있는 호텔 수영장이었다. 아버지가 나를 등에 태우고 개구리헤엄을 가르쳐주셨다. 처음에는 그저 물속에서 노는 것이 재미있었지만 곧 나 혼자서 물 위에 뜰 수 있는 방법을 배울 수 있었다.

매주 지역에 있는 수영센터에 가서 수영 강습을 들었고 곧바로 스트로크를 마스터할 수 있게 되었다. 방학이 되어 호텔 수영장에서 버터플라이 자세로 수영을 하는 모습을 본 부모님의 얼굴에 번지는 미소를 보면서 나는 점점 더 운동의 재미에 빠져들게 되었다.

수영은 즐거웠지만 한 가지 운동만으로는 내 스스로와 어머니에게 만족감을 줄 수는 없었다. 학교에서 만난 친구들과 함께 매주 축구 클럽과 야구 클럽에서 운동을 하기 시작했다. 매일 운동을 하면서 활동적으로 생활하는 것이 좋았다.

하지만 꼬마 운동선수로서 살아가는 나를 지켜본 어머니는 곧 내가 집중력이 떨어지고 활동 과잉 상태가 되어버린 것을 알아채셨다. 심지어는 저녁을 먹을 때도 집안 곳곳을 뛰어다니거나 소파 위로 뛰어내리며 가만히 앉아 있지를 못했다.

바둑이 집중력 향상에 좋다는 것을 알게 된 어머니는 내게 운동을 그만두게 하는 대신 내 활동 목록에 또 다른 하나를 추가하셨다.

바둑은 전략과 전술을 요하는 게임이어서 바둑을 처음 접했을 때는 그저 단순한 보드 게임처럼 보였지만 배우면 배울수록 점점 더 복잡해져만 갔다. 덕분에 집중력과 함께 깊이 생각하는 버릇이 생겼다. 그때부터 나는 단 한 번도 집중력 문제로 인해 말썽을 일으킨 적이 없었고, 집중할 수 있는 시간도 몰라보게 향상되었음을 알 수 있었다.

바둑은 나를 다른 수준에서 생각할 수 있게 만들어주었다. 나는 그 즈음 다른 아이들보다 좀 조숙한 편이었다. 초등학생 수준 이상이었고 아이들에게는 낯설다고 할 수밖에 없는 방법으로 세상에 대한 이해의 범위를 넓혀가기 시작했다.

어머니는 나를 어린이 철학학원에 보내는 것도 지원해주셨다. 그 덕분에 내 사고력은 많은 향상을 가져왔고 내가 배우는 모든 것들에 대해 많은 관심을 갖게 되었다. 가끔은 수업이 끝난 후에도 교실에 남아 엉뚱한 질문으로 선생님을 괴롭히기도 했다.

나는 특수 수학학원에도 등록을 했다. 이 학원에서는 몇 시간씩 계산 연습을 시키는 대신에 '문제를 빠르게 해결하는 사람'이 되고자 노력하게 만들었다.

주사위를 던졌을 때 그 합이 7이 될 수 있는 경우의 수는 몇 가지나 되는지 진지하게 고민해보았고, 다른 아이들이 5+5와 7×9같은 문제를 최대한 빨리 푸는 연습을 하는 동안 나는 숫자 내에서 어떤 패턴을 발견하려고 애를 썼다.

그렇다고 문제를 빨리 푸는 해결사가 되었다는 말은 아니다. 이때가 10살쯤 되었을 때라고 생각된다. 물론 수학 수업에서 최고가 되지도 못했다. 하지만 나는 다른 아이들보다는 훨씬 더 많은 다른 방법을 생각해보는 아이가 되었다.

그리고 인생에는 정말 많은 다른 길이 있다는 것도 경험해보았다. 나처럼 이런 교육과정을 거치게 하는 것이 부모가 아이를 기르는 옳은 방법이거나 가장 좋은 방법이 아니었을 수도 있다. 그렇다고 부모님께 나를 아이답게 교육하는 좀 더 나은 방법을 찾아줄 수 없겠냐고 물을 수는 없는 일이었다.

내가 한국에서 익힌 프로그램은 바둑, 철학, 합기도, 축구, 농구, 승마, 수영, 수학학원, 역사 체험 등이다. 이 모든 것들이 지금의 나를 만들었다고 생각한다.

앞서 설명한 것처럼 미국에서의 나의 첫 번째 학기는 미국 체류 6개월이 지난 후에야 내 나이보다 어린 학년에서 시작하게 되었다.

대부분의 한국 아이들은 한 살 이상 학년을 낮춰서 학교를 들어갔다. 그런데 나는 몇 개월 차이인데도 빨리 자란 탓으로 같은 학년에서 키가 제일 컸다. 키가 큰 데다 아시아인이라 눈에 많이 띄었기 때문에 이런 상황이 때로는 좀 당황스럽기도 하고 부끄럽기도 했다. 하지만 그런 와중에도 장점은 있었다. 백인아이들이 나를 그저 단순히 '아시안' 꼬마로 생각하지 않았기 때문에 내가 그 녀석들보다 덩치가 컸던 시기에는 나를 오히려 선망의 눈빛으로 대했다. 특히 체육 수업이 엄청 재미있었다. 내겐 그리 어려운 일도 아니어서 더욱 그랬던 것 같다.

1년 후, 나는 몸(Maugham) 초등학교를 졸업하고 테너플라이 중학교 과정의 6학년이 되었다. 미국에서는 킨더가튼 1년을 포함해서 초등학교에서 5학년까지 6년을 보낸 후에 6학년부터 8학년까지 중학교 과정을 마친 후 9학년부터 12학년까지 4년 과정의 고등학교를 거치게 된다. 그러나 때로 어떤 타운에서는 중학교가 7학년과 8학년 2년인 경우도 있어서 다르기는 하지만 고등학교 4년 과정은 예외 없이 동일하다.

아무튼 중학교에 들어갈 때는 이미 내 영어가 본토 학생 수준에 거의 이르러 있었기 때문에 미국의 교육 과정에 부담을 느끼지 않았다. 그때 내 키는 175센티미터로 중학교 6학년에서도 가장 컸다.

6학년 초, 교장선생님이 7학년으로의 월반을 제안하셨다. 처음에 사람들은 따라가기가 매우 힘들 것이라고 말했다. 내가 어떻게 중학

어느 날 도서관에서

교를 월반할 수 있단 말인가.

아버지는 곧바로 교장 선생님을 만나 당신의 생각을 전하고 교장 선생님의 의견을 물었다. 교장 선생님은 많은 것, 즉 학교 성적, 학교생활, 거기다 신체적인 특성까지 고려했다. 내 NJ ASK 성적(뉴저지 주 공립학교 표준 시험)까지 확인하신 교장 선생님은 성적이 아주 높은 것을 보시곤 학교 성적은 문제가 되지 않을 것이라는 결론을 내렸다.

교장 선생님은 내가 다른 친구들과 잘 지내는 것을 알고 있었고 내 체격도 7학년에 어울릴 정도는 됐었기 때문에 다음날부터 7학년으로 등교하는 것을 허락하셨다.

처음에는 말도 안 된다고 생각한 제안이었지만 나는 꽤나 빨리 상급 학급에 적응했고 내 인생에 있어서 정말 커다란, 그리고 좋은 방향으로의 전환을 맞이하게 되었다.

도서관 탐험 4개월 후,
영어 실력을 갖추다

주말만 되면 우리는 자동차 트렁크 안에 공짜로 얻은 배트, 글러브, 프리스비, 골프 클럽, 배드민턴 라켓, 줄넘기, 탁구 라켓 등을 꽉꽉 채우고 밖으로 나갔다. 해변이나 돈을 써대는 여행을 떠나는 대신 우리가 향한 곳은 공원이었다.

미국의 공립 공원은 누구나 자유롭게 이용할 수 있는 곳이다. 도서관과 거의 마찬가지로 공원도 버겐 카운티 내 타운마다 한두 개씩은 꼭 있는데, 우리는 매주 한 곳씩 다른 곳을 찾아갔다.

그리고 2005년, 그러니까 이민생활을 시작할 무렵부터 우리는 미국의 타는 듯한 여름 날씨 덕분에 도서관을 이용하게 되었다. 찌는 듯한 무더위에도 불구하고 우리는 그 더위를 피할 수 있는 최고의 장소를 알고 있었다.

우리는 버겐 카운티를 비롯해 인근의 다른 카운티 내에 있는 타운들의 공공도서관을 탐험했다. 공공도서관은 우리 같은 사람에겐 마치 마법의 열대 섬 같았다. 겨울에는 따뜻하고 여름이면 시원하지만, 가장 중요한 건 무료라는 점이었다. 게다가 독서를 통해 영어를 배울 수도 있었다.

우린 매일 다른 도서관을 돌아보았다. 그러다가 몇몇 도서관은 다른 도서관보다 더 편리하다는 것도 알게 되었다. 예를 들어, 시코커스 도서관은 금요일에는 9시에 문을 닫는다. 다른 도서관들은 5시면 이미 문이 닫히지만 말이다. 이렇게 각 도서관마다 독특한 고유의 특징들이 있어서 다른 도서관과의 차별성을 갖고 있었다.

리지우드 도서관은 지붕을 6각형으로 만들어 공원이 내려다보이도록 설계했으며 6개의 커다랗고 편안한 소파를 제공하는 것이 특징이었다. 우리는 종종 이곳에서 5시간 이상 머물기도 했다. 가끔은 소파가 너무 편안해서 그 위에 웅크린 채 잠이 들기도 했다. 파라무스에는 정말 많은 양의 한국어 관련 책이 있어서 놀랐다. 덕분에 아버지가 많이 찾게 된 도서관이기도 하다. 어퍼 새들 리버는 특히 청소년들이 좋아하는 곳이다. 정말 많은 수의 청소년들이 항상 머물고 있다.

프랭클린 레이크는 집안 거실과 같은 분위기를 자랑하며 이런 주변 환경은 방문자들에게 편안한 느낌을 준다. 마지막으로 테너플라이 도서관은 집에서 가깝고 걸어서 갈 수 있을 정도의 거리이다 보니 제일 편리한 곳이 되어버렸다.

우린 이렇게 해서 무려 74개의 도서관들을 그때그때 바꿔가며 즐겨 다니게 되었다. 또한 매일 아침 깨어날 때마다 과연 오늘은 어떤 도서관을 탐험할 것인가 궁금해하면서 즐거움과 긴장감을 동시에 느꼈다.

여름 방학이 끝나고 '도서관 탐험'이 끝날 즈음, 우리의 영어 실력은 놀라보게 향상되어 있었다. 영어를 하나도 모르던 아이가 늦봄에 미국에 도착해서 불과 4개월 만에 영어를 어느 정도 할 수 있게 된 것은 순전히 이 즐거운 도서관 탐험 때문이었다. 그렇지만 나는 미국의 신학기인 가을이 와도 비자 문제가 해결되지 않아 학교에 다닐 수 없을까 봐 걱정이 많이 되었다.

부러진 발목 때문에
수영을 하게 되다

수영을 하게 된 계기

수영을 하기로 한 것은 아무도 예상치 못했던 결정이었다. 아버지는 한국에 있을 때 야구를 굉장히 좋아하고 직접 투수로 던지셨기 때문에 내가 야구선수가 되길 바란 건 어찌 보면 자연스러운 일이었다. 한국에서는 어린 내가 할 수 있는 것을 다 해볼 수 있었지만 우리가 미국에 왔을 때 할 수 있는 건 아버지와 함께 공원에 나가 캐치볼을 하는 것이 전부였다.

아버지처럼 투수가 되는 훈련을 하면서 많은 날들을 보내고 나서야 나는 리틀야구 리그에서 공을 던지기 시작했고, 가장 빠른 공을 던지는 투수가 되어 승승장구하던 중 가장 중요한 시합을 맞게 되었다.

마운드에 올라서서 워밍업을 하는 동안 흥분되기보다는 긴장이 더 많이 되었다. 아버지에게 강한 인상을 남기고 싶었고 아버지가 그랬던 것처럼 뛰어난 투수가 되길 바랐다. 그러나 그날 나는 불행하게도 내 재능이 발휘될 수 있는 기회를 놓치고 말았다.

첫 번째 타석에 섰던 나는 홈으로 슬라이딩을 하다 왼쪽 발목을 포수의 정강이 보호대에 부딪혔다. 뼈가 부러졌지만 그보다 더 나를 불행하게 만든 건 아버지가 보는 앞에서 공을 던져보지 못했다는 것이었다.

그 사건이 있고 얼마 후 내 인생을 송두리째 바꿔놓은 신문 광고를 보게 되었다. 그것은 실내외 수영장을 갖춘 테너플라이의 유대인 커뮤니티 센터인 카플란 JCC에서 특별 여름 회원을 모집한다는 광고였다. 풀장에 있는 것만큼 발목 치료에 도움이 되는 좋은 방법도 없었기 때문에 우리는 아무런 주저 없이 그곳에 가기로 했다.

베이비 킥을 시작으로 어릴 때 배웠던 동작을 다시 익히기 시작했다. 대충 버터플라이 동작을 아버지 앞에서 보여드렸을 때 수영 선수 부모들이 보고 우리 쪽으로 왔다. 그리고 그 부모들이 JCC에서 함께 수영을 하면 어떻겠냐고 제안을 했다. 그렇게 해서 나는 JCC 웨이브 러너의 팀원으로 내 수영 경력을 쌓아가기 시작했다.

일말의 후회도 없고 지나간 일들을 다시 되돌리고 싶은 생각도 없다. 수영은 이제 나를 설명할 수 있는 무언가가 되었고 내겐 운동 그 이상의 것이 되었다. 이때부터 내 인생의 정말 많은 것들이 수영에서 나오게 되었다. 하버드 초청 학생이 된 기회는 물론, 지금 이곳 하버드 남자 수영 팀의 일원이 되도록 만들어 주었다.

부러진 발목 때문에
수영을 하게 되다

가족 다음으로 수영은 내 인생에 있어서 가장 커다란 그 무엇일 것이다. 난 가끔 수영이 없었다면 내 인생은 어땠을까를 상상해보곤 하는데, 그럴 때면 뭔가 아찔한 생각이 든다.

환상적이었던
테너플라이 수영 클럽

JCC 수영 팀의 겨울 시즌이 끝날 때쯤 나는 달라져 있었다. 11살이 된 나는 수영을 통해 열심히만 하면 보상을 받게 된다는 진리를 배웠다.

열심히 훈련에 매진한 나는 수영대회에 출전해 메달들을 받게 되었다. 아주 간단하게 들리겠지만 조그만 아이에게는 그것들이 내 모든 것이었으며 또 큰 자랑이었다.

그뿐만이 아니었다. 팀에서의 몇 개월이 흐른 뒤, 나는 수영을 통해 정말 많은 친구들을 사귀게 되었다.

당시의 내 영어는 충분할 만큼 능숙하지 않았기 때문에 학교에서 친구를 사귀는 일도 여간 힘든 게 아니었다. 하지만 수영 팀 안에서는 모두와 친구가 되었다. 작은 소년인 내게 미국 백인 아이들이 친구라고 부르는 것은 정말 멋지고도 환상적인 일이었다.

JCC에서 제공해준 것은 겨울 시즌 동안만 운영하는 수영 팀에서 활동하는 것뿐이었다. 하지만 나는 스포츠를 비롯해 내 친구들과도 떨어져 지낼 생각이 없었다. 우리 부모님은 수소문 끝에 테너플라이에 테너플라이 수영 클럽(TSC)이라는 야외 수영장이 있는 것을 찾아내셨다. 이 수영장은 여름 내내 개방하기 때문에 내가 수영도 계속할 수 있었고, JCC 수영 시즌 끝 무렵처럼 친구도 만들 수 있었다.

하지만 테너플라이 수영 클럽에서 기다리고 있는 것은 수영장뿐만이 아니었다. 그곳은 커다란 야외 수영장뿐만 아니라 탁구장, 비치발리볼 코트와 다이빙 보드까지 갖추고 있었다. 여동생인 클리오와 나는 말 그대로 불꽃같은 여름을 그곳에서 보냈다. 이것은 클리오를 수영과 쉽게 친해지도록 만드는 방법이었다. 우리는 다이빙 팀에도 지원했다. 이때 나는 마이크 모스카와 친구가 되었다. 이 친구와는 나중에 하버드 팀에서 다시 만나게 되었다.

가장 놀랄 만한 일은 버겐 카운티 챔피언십에서 일어났다. 이 수영대회는 카운티 지역 내에 있는 모든 수영 팀들이 참여하여 여름 끝 무렵까지 경쟁을 펼치는 대회다. 이는 지금까지 경험해본 대회 중 가장 경쟁이 치열한 대회였다.

나는 우리 지역 전체에서 선발된 12살짜리 아이들과 경쟁을 했고 마침내 준결승과 결승까지 진출하게 되었다. 나는 내가 어떻게 이 정도의 선수들과 경쟁을 할 수 있게 되었는지 궁금했고 테너플라이 타운을 위해 경기를 한다는 것에 흥분해 있었다.

놀랍게도 나는 손쉽게 결승에 진출했고 1위를 차지하게 되었다. 이로 인해 친구들은 나를 테너플라이 타운의 대표 선수인 것처럼 칭찬했다. 그리고 나는 그 칭찬에 보답이라도 하듯 모든 시합에서 승리를 했다. 머지않아 리오라는 이름은 버겐 카운티의 수영선수 대부분에게 친숙하게 되었다.

시합이 끝난 다음 리지우드 YMCA 브레이커스 수영 팀의 브라이언 호프만 코치님이 직접 우리 가족에게 다가와 스카우트 제의를 했을 때는 우리 모두 깜짝 놀라고 말았다.

리지우드 YMCA
브레이커스로 옮기다

리지우드 YMCA 브레이커스는 다른 팀보다 경쟁력도 있고 진지하게 경기에 임하는 팀이다. 훈련도 거의 매일 하고 가끔은 아침 일찍부터 훈련을 시작하기도 한다. 그런데 집에서 3분 거리에 있는 JCC에 비해 리지우드는 30분 정도 거리에 있었다.

이번 경우처럼 팀을 옮기는 기회는 내 수영 경력을 한 단계 끌어올리는 데 꼭 필요한 것이었다.

수영은 이제 내 인생에 있어서 특별한 것이 되었다. 스스로 설정해놓은 목표가 있었고, 그 목표에 이르기 위해 따로 훈련을 해야만 했다. 내게 수영은 이제 더 이상 즐기기 위한 운동이 아니었다.

리지우드 브레이커스에서의 내 첫 번째 시즌은 9월에 시작되었다. 나는 첫 번째 훈련을 마치고 집에 돌아온 날을 기억한다. 팔은 계속 아래로 떨어지는 느낌이었고 다리는 천근만근이었다. 나는 브라이언 코치님이 우리 모두가 수영장 바닥에 가라앉길 바라는 것이라고 생각했다.

이날 저녁 나는 큰 피자 한 판을 통째로 먹어치웠다. 이런 상황이 일주일가량 계속되었는데 이상하게도 하루하루가 지날수록 레인에서 움직이는 것이 조금씩 나아졌고, 몸도 이 혹독한 훈련에 점점 적응해가고 있었다.

리지우드 YMCA의 시즌은 다음해 3월 중순까지 계속되었다. 이 6개월 동안 나는 6센티미터 정도 자랐고, 셀 수 없을 정도로 많은 메달을 땄으며 많은 친구까지 생기게 되었다.

각종 수영대회에서 받은 메달들

미국 전체 11~12살 그룹
1위에 오르다

나는 YMCA 스테이트 챔피언십 대회에서 느꼈던 그 감정을 절대 잊을 수가 없다. 물속은 너무도 매끄러웠으며 수영장이 정말 짧게 느껴졌다. 내가 스트로크를 할 때마다 내 몸은 총알처럼 앞으로 나아갔고 너무 쉽게 미끄러져 갔다. 내가 꼭 마이크 펠프스가 된 것 같았다.

레이스 마지막에 터치라인을 찍는 순간 브라이언 코치님의 얼굴을 보는 흥분도 정말 대단했다. 코치님의 얼굴에는 놀라움과 만족스러움이 동시에 서려 있었다. 수영선수와 코치로서 함께 했던 모든 훈련이 시즌 막바지에 드디어 결실을 보게 된 것이다.

YMCA 스테이트 챔피언십에서 1위를 기록하면서 나는 전국의 11살 및 12살 소년 그룹 중 가장 수영을 잘하는 아이가 되었다. 이 이야기는 미국 수영협회 웹사이트에도 실렸고 내 이름은 그 중에서도 가장 높은 곳에 게시되었다. 다른 미국 아이들을 제치고 가장 위에 말이다. 내 가족들에게는 '리오임과 나머지 미국 아이들'이란 형태로만 각인되었다.

아버지가 웹사이트 페이지를 몽땅 인쇄해서는 하나씩 코팅까지 하신 걸 보면 나를 무척 자랑스럽게 생각하고 계신 것이 분명했다. 코팅한 종이를 펀칭까지 하시더니 결국엔 바인더에 모두 모아 두셨다. 나는 가족을 자랑스럽게 만드는 일에 일종의 스릴감을 느꼈다. 이 나라에 이민 온 꼬마가 이렇게 큰 성과를 거뒀다는 것이 더욱 그랬다.

나는 비록 12살짜리 아이였지만 성공을 위해 주어지는 모든 기회를 이용해서 행운을 누리는 방법을 이해하기 시작했다. 이 나라에서 나는 그냥 이민자에 불과했지만 열심히만 한다면 뭐든 이룰 수 있다는 생각을 하게 되었다.

부러진 발목 때문에
수영을 하게 되다

와이코프 샤크 팀에 입단하다

처음 케이시 코치님을 만났을 때 내 생각은 그저 단순히 와이코프 YMCA 옆에 있는 호수에 대해 물어보려는 것뿐이었다. 와이코프 샤크 팀에서 수영을 할 생각은 없었다.

나는 아버지와 내가 처음 코치실에 들어섰을 때 코치님의 얼굴에 번지던 놀라움을 기억한다. 그는 내가 라이벌 팀인 리지우드 YMCA 팀 선수인 것을 알고 있었기에 자신의 사무실에서 나를 보자 너무 기뻤던 것이다. 그러고는 이내 내가 자신을 왜 찾아왔는지 매우 궁금한 눈빛으로 바라보셨다.

먼저 자리에 앉은 우리는 우리의 상황을 설명했다. 12살인 나는 영어를 못하시는 아버지를 대신해 케이시 코치님께 다음과 같이 설명을 드렸다.

'여름용 야외 수영장을 갖춘 테너플라이 수영 클럽이야말로 5살인 내 동생 클리오가 즐겁게 수영하기에 가장 완벽한 장소이며 나와 같은 아이들이 경주를 하기에도 적합하다. 하지만 우리 가족이 감당하기 어려울 정도로 비용이 많이 든다. 우리는 와이코프 YMCA 옆에 있는 호수에서 똑같은 시설을 제공하면서도 비용이 훨씬 저렴하다는 소식을 들었다. 이런 것들을 좀 알아보려고 우리가 이곳에 들렀다.'

케이시 코치님께서는 이 사실을 확인해주셨고 스프링 레이크에 등록할 수 있도록 몇 가지 서류를 재빨리 내주셨다. 이렇게 해서 클리오와 나는 여름에도 계속해서 적절한 비용으로 수영을 할 수 있게 되었다.

한편 케이시 코치님이 지도하는 와이코프 YMCA 샤크 수영 팀이 코치실 바로 밖에서 훈련을 하고 있었다. 나는 샤크 수영선수들의 훈련 모습이 궁금했다. 마침 그때 케이시 코치님이 샤크 팀의 선수들과 나머지 훈련을 함께 해보는 것이 어떻겠냐고 제안하셨다.

여기서 수영을 할 것이라고는 생각하지 않았기 때문에 수영복도 없는 상태였다. 하지만 다른 아이 것을 하나 빌릴 수 있었다. 나는 코치님이 지정해주신 레인으로 곧바로 뛰어들었다. 나는 새로운 팀의 친구들과 30분 정도 함께 수영했다. 새로운 환경에서 새로운 훈련 방식으로 새로운 친구들과 수영하는 일은 정말 즐거운 일이었다.

훈련을 끝내고 사무실에 다시 왔을 때였다. 케이시 코치님이 우리를 진지하게 쳐다보더니 와이코프 YMCA 샤크 수영 팀에서 함께 수영하는 것이 어떠냐고 제안하셨다. 돌아오는 길에 아버지와 나는 커다란 변화를 몰고 올 결정에 대해 심사숙고했다.

리지우드 브레이커스 팀은 정말 멋진 팀이었고 그곳의 코치님들께도 항상 감사드리고 있었다. 그러나 브라이언 호프만 코치님의 의견이 제일 중요했는데, 마침 그분도 더 큰 발전을 위해서 다른 몇 팀을 추천하는 중이었고, 다행히 그중에 와이코프 팀도 있었다. 그리고 최근에 와이코프 샤크 팀이 보여주고 있는 성적 중 내가 속한 연령대보다 높은 층에서는 좋은 성적을 갖춘 선수들이 많았다. 그것이 내 결정에 큰 영향을 주었다. 한 차원 높은 선수로 성장하기 위해서는 보다 나은 환경에서 훈련을 하는 것이 합리적이라는 생각이 들었다. 그때부터 내 수영선수로서의 경력은 다른 팀에서 다시 이어지게 되었다. 나는 이 팀으로 옮긴 것이 내 수영선수 생활에 정말 커다란 부분이 될 줄은 당시로서는 알지 못했다.

YMCA 전미수영대회에서 케이시(좌), 페이다 코치님과 함께

케이시 코치님과 페이다 코치님 두 분은 나와 클리오가 수영 경력을 쌓아가는 데뿐만 아니라 우리 가족에게도 많은 영향을 주셨다. 두 분은 수영에 관한 것보다 우리의 미래를 더 걱정해주셨다. 그 고마움을 표현할 방법이 당시의 우리에게는 배 한 상자를 드리는 것밖에 없었다.

와이코프 샤크 팀의 수영복을 입게 된 후로 나는 그곳 코치님들의 지도를 받게 되었다. 나는 새로운 보호자를 만나게 되었다는 생각으로 가슴이 뛰었다. 내가 코치실에 걸어 들어가는 순간부터 케이시 코치님은 우리 가족의 상황을 연민의 정으로 이해하고 받아들여주셨다. 문화적으로 힘들어하는 우리를 포용해주셨고 재정적인 어려움도 해결해주셨다. 그리고 다른 노력과 지원도 아끼지 않으셨다. 그때부터 코치님은 내 수영의 전반적인 것은 물론 매일 진행하는 훈련을 챙겨주셨다. 우리 가족의 미래를 걱정하고 나의 꿈을 키워주시면서 내게 정말 큰 확신을 주셨다.

또한 내가 이 와이코프 수영 팀에 들어갈 당시에는 이 팀이 전국 랭킹 500위권이었지만, 내가 들어가 활약한 후에는 10위권까지 올랐다.

무료 점심을 먹다

점심시간은 고등학교 생활 중 제일 기다려지는 시간이다. 대부분의 사람들이 점심시간을 좋아한다. 그 시간만큼은 수업을 듣는 것이 아니라 친구와 어울리는 시간이기 때문이다. 하지만 난 다른 이유 때문에 점심시간을 좋아했다. 내가 카페테리아로 걸어 들어갈 때마다 나를 사로잡는 냄새가 있었다. 맛있는 음식 냄새다.

무료로 점심을 먹으려면 학교 행정실에 몇 가지 서류를 작성하고 가족의 연간 수입이 일정 수준보다 적다고 말하면 된다. 그런 다음 급식 아주머니에게 무료 급식을 먹겠다고 말하기만 하면 점심식사를 할 수 있었다. 절차도 복잡하지 않았다. 다른 사람들처럼 점심을 받는 줄에 서 있다가 다들 주머니에서 2달러25센트를 꺼내는 사이 "무료 급식 주세요."라고 말한 다음 내 테이블로 돌아가면 되는 것이다.

어떤 급식 아주머니들은 정말로 섬세하고 조심스럽게 모든 것을 보살펴주기도 한다. 몇몇 분들은 내가 무료 급식을 받는 아이라는 걸 알게 된 후로 가능한 따로 불러서 조용히 급식을 주려고 애쓰셨다. 이것은 혹시라도 누가 듣게 되면 내가 금전적인 열등감에 사로잡힐까 봐 걱정하는 마음에서였다.

하지만 배고픈 아이였던 나는 급식 줄에 다시 서서 결국 돈을 내고 점심을 추가로 사먹었다. 그리고 그걸로 만족하지 못할 때는 (늘 그랬지만) 친구들이 남은 음식을 내게 주곤 했다.

11학년 시절의 마무리

모두가 내게는 너무도 중요한 것들이었지만 고등학교 3학년인 11학년만큼 중요한 시기도 없을 것이다. 이 11학년은 어느 대학 무슨 과를 선택하느냐로 한 사람의 미래를 결정해야 하는 가장 결단력이 필요한 시기이기 때문이다. SAT 점수를 따고 학교 수업을 듣는 것만으로도 고등학생들에게는 빡빡하고 바쁜 해가 될 수 있다. 물론 정직하게 노력을 기울인 사람이라면 그 결과에 따라서 가장 큰 보상을 받는 해가 될 수도 있다.

시즌 상반기에는 그렇게 성공적이지 못했던 것으로 기억한다. 시즌 중반까지 출전하는 경기마다 내가 원했던 만큼 기록을 내지 못했기 때문이다. 그래서 더욱 분발하게 되었고 정신을 바짝 차리게 되었다. 그리고 시즌 중반을 지나면서 그 동안 한 번도 보여주지 못했던 가장 높은 집중력과 실행력을 보이게 되었다.

나는 훈련이 끝난 후에도 수영장에 남아서 완벽한 스트로크를 만들기 위해 노력하고 메디슨 볼 훈련도 추가로 했으며 훈련에 늦는 일이 없도록 최선을 다했다. 훈련이나 수영을 하지 않는 날에는 수영 기술에 관한 유튜브 동영상을 살펴보거나 내 레이스 동영상을 다시 봤다. 내 머릿속에는 오직 좋은 기록을 냈던 때를 상기하면서 나를 되찾는 것으로 가득할 뿐이었다.

　　결국 상반기의 실패는 내게 커다란 자극이 되었고, 덕분에 나는 많은 성과를 이루고 고등학교 11학년을 마무리할 수 있었다.

훈련은 늘 나를 성숙시킨다.

부러진 발목 때문에
수영을 하게 되다

내게는 완벽했던
브라이언 호프만 코치님

나는 리지우드 수영 팀의 브라이언 코치님처럼 선수 지도에 모든 것을 바치는 분을 만나본 적이 없다. 코치님의 지도를 받는 내내 나는 코치님이 참석하지 않은 상태에서 훈련을 한 기억이 없다. 코치님의 머릿속에는 수영 말고는 아무것도 없었다고 말할 수 있었다. 선수 지도 활동은 기본적으로 코치님의 생계 수단이기도 했다.

대회에서 다른 코치님들은 자기 선수들의 경기가 끝나면 경기장을 빠져나가는 데 비해, 브라이언 코치님은 끝까지 남아서 다른 선수들의 경기 기록을 확인하고 기록했다. 내게는 정말 완벽한 코치님이었다. 버겐 카운티 챔피언십을 통해 나를 실제로 '스카우트'해주신 분도 그분이었고 지금의 내 위치에 오르기까지 키워주신 분도 그분이었다. 단 한 시즌 만에 모든 것이 이루어지도록 만들어주신 분이며 여러 가지로 부족한 나에게 많은 것을 가르쳐주신 분이었다.

동시에 코치님도 그 힘든 훈련을 잘 따라오고 실력 향상을 위해 노력한 나를 대견스럽게 생각하셨다. 한마디로, 그분은 내가 배고플 때 먹을 것을 건네준 분이나 다를 바가 없었고, 또 내가 가야 할 길을 알려주신 분이라고 할 수 있다.

한번은 아버지가 나를 지도해준 코치님이 너무 고마운 분이라고 뭔가 보답을 하고 싶다는 말씀을 하셨다. 그러자 코치님께서는 나를 바라보면서 이렇게 말씀하셨다.

"지금은 수영만 열심히 하거라. 나에게 잘 해주고 싶은 생각이 있으면 오직 수영에만 몰두해. 그리고 나중에 성공하게 되면 솔스티스 스포츠카나 한 대 선물해주렴. 나와 내 여자친구에게 정말 잘 어울릴 거야."

내가 리지우드 수영 팀을 떠나기로 결정한 것도 브라이언 코치님이 먼저 함께 팀을 옮기자고 제안했기 때문인데, 결국은 우리 가족만 옮기게 돼버렸다.

꼭 가야만 했던 아이비리그

시니어인 고등학교 12학년에는 입학할 대학에 대해 더 이상 고민할 시간조차 없기 때문에 주니어인 고등학교 11학년 내내 학생들은 대학에 대해 진지하게 고민하기 시작한다.

친구들이 어느 학교에 가고 싶은지 묻거나 어느 학교가 마음에 드느냐고 물으면 나는 항상 아이비리그 학교에 가고 싶다고 말했다. 내가 운동선수이긴 하지만 공부도 열심히 하고 있고 그런 학교에 들어갈 수 있는 정도의 수준은 된다고 말했다.

하지만 이건 그저 듣기 좋게 말하는 거짓말이다. 물론 하버드, 프린스턴 그리고 예일 등의 대학은 멋질 뿐만 아니라 이 나라에서 최고의 대학이라 할 수 있지만 그렇다고 해서 그 학교들이 내가 '가고 싶은' 학교이거나 '관심 있는' 학교는 아니었다. 사실 나는 '무조건' 아이비리그 대학에 가야 했다. 이렇게 내게 선택권이 없다는 걸 내 친구들은 알지 못했다.

대학 학비는 1년에 대략 6만 달러 정도 된다. 4년이나 우리 가족이 감당하기에는 엄청나게 큰 액수였다. 외국인인 내가 대학에 가려면 재정적인 면에서 기적이 필요했다.

다시 말해, 내가 장학금을 받거나 또 다른 재정적 지원을 받지 못하면 나는 대학에 다닐 방법이 없었던 것이다. 많은 장학금 제도가 있지만 그래도 내겐 학비 전체를 지불해줄 재정적 지원이 필요했다. 아이비리그의 학교들만 오직 시민권자나 영주권자가 아닌 외국학생에게도 재정적 지원을 한다. 즉 시민권이나 영주권이 없어도 재정 지원을 받을 수 있다.

아이비리그에 속하지 않은 학교들이라면 학생이 가난하건 그렇지 않건 외국인에게는 이런 지원을 거의 하지 않는다. 이걸 실감하기 전까지 나는 나 자신을 단 한 번도 '외국인'이라고 느껴보지 못했다. 따라서 나는 반드시 아이비리그에 가야만 했다. 그것도 그냥 입학하는 게 아니라 전액 장학금을 받으면서 입학해야 했다.

부시 대통령으로부터
답장을 받다

7학년 시절, 영어 선생님은 우리에게 권위 있거나 존경하는 사람에게 편지를 써보라는 간단한 숙제를 내주었다. 편지를 받을 사람은 유명인일 수도 있고 롤 모델이거나 정치인일 수도 있었다.

우리 반 대부분의 아이들은 시장이나 교장 선생님에게 편지를 썼다. 하지만 나는 당시 대통령이었던 부시 대통령에게 편지를 쓰기로 했다.

난 우리 가족이 이민을 오면서 비자를 받기가 정말 어려웠다고 생각했기에 이곳 미국에 살고 있는 한국인 가정 모두가 다른 무엇보다도 그저 이 나라의 국민으로 불릴 수 있기를 희망한다는 사실을 알고 있었다. 하지만 절차가 너무 복잡하고 지연되어 답답한 경우가 허다했다.

대부분의 이민자들은 이 과정을 보다 쉽고 빠르게 할 수 있을 만큼 충분한 돈도 갖고 있지 않았다. 그리고 이들 대부분은 열심히 일하고 성실하며 이 나라의 법을 잘 지키는 사람들이었다. 아무도 말썽을 일으키지 않으며, 다들 아이들에게 '미국'이라는 기회를 주기 위해 지구 저 반대편에서 날아온 것이다. 나는 우리도 이 나라의 국민으로 대접받아야 한다고 생각했다.

나는 이민법과 거기에 담긴 의미도 잘 알지 못했지만 대통령에게 편지를 썼다. 편지에 우선 나와 내 가족에 대해 소개를 했다. 나의 이민 과정에 대해서도 쓰고 정착할 때까지 겪어야 했던 힘든 시간에 대해서도 썼다. 아메리칸 드림에 대한 이야기도 약간 썼다.

아메리칸 드림은 그 존재 여부를 떠나 여전히 우리와 같은 이민자들이 새로운 세상을 받아들일 희망과 용기를 주는 말이었다. 나는 우리 같은 사람들이 삶을 자유롭게 꾸려나가고 행복을 추구할 수 있는 기회를 주어야 한다고도 말했다. 미국이란 나라 자체가 이민자를 통해 만들어진 나라이니 이민자를 위한 정책이 필요한 것이 아니겠는가.

내가 봉투에 백악관의 주소까지 써서 숙제를 제출하자 선생님은 약간 놀라는 눈빛이었다. 하지만 나의 무모한 용기를 칭찬해주셨다. 숙제를 제출하고 몇 주가 흐르자 초안을 잡았던 그 편지는 이제 내 영어 공책에 들어 있는 잊혀진 한 조각의 종이에 불과했다.

그러던 어느 날, 나는 우편함에서 매끄러운 흰색 봉투를 발견했다. 뭔가 중요한 것이 들어 있을 것 같았다. 봉투를 훑어보니 그것은 백악관에서 온 편지였다. 나는 아주 조심스럽게 봉투를 뜯었다. 봉투 안에는 편지와 함께 사진이 한 장 들어 있었다. 부시 대통령이 애견과 함께 백악관을 배경으로 찍은 것이었다. 대통령의 답장에는 이민자들을 이해하고 도움을 주기 위해 대통령이 불철주야 노력하고 있다는 내용과 함께 자신에게 그런 이야기를 들려주어서 고맙다고 쓰여 있었다. 다음은 부시 대통령의 편지 전문이다.

THE WHITE HOUSE
WASHINGTON

July 10, 2008

Leo Lim
10 Sunset Lane
Tenafly. New Jersey 07670-1651

Dear Leo:

Thank you for writing and sharing your views. I always enjoy hearing from my fellow citizens, and I appreciate your thoughtful suggestions. During this important moment in America's history, I will continue to confront the great challenges before us and work to make life better and safer for all Americans.

I am honored to serve as President of such a great Nation, where opportunity is limited only by the size of our dreams. In the years ahead, I encourage you to rise to every challenge and take advantage of everything you have learned. The future will require creativity, innovation, and enterprise in every aspect of society -- and the future will be better because of the confidence and compassion of your generation.

Mrs. Bush and I send our best wishes for every success. May God bless you, and may God bless our great country.

Sincerely,

George W. Bush

리오 임 군에게,

내게 편지를 보내주어 고맙습니다. 나는 국민들의 소리를 항상 즐겁게 듣고 있으며, 임 군의 사려 깊은 제안에 감사합니다. 미국 역사상 지금은 매우 중요한 시기이며, 나는 우리 앞에 놓인 과제들을 똑바로 직시하고 모든 미국인들의 삶을 더 윤택하고 안전하게 만들고자 합니다.

나는 자신이 꿈꾸는 것은 무엇이든 이룰 수 있는 이 위대한 나라의 대통령직을 맡고 있는 것을 영광스럽게 생각하고 있습니다. 앞으로 모든 도전들을 이겨내고 지금까지 배운 것을 잘 활용하기 바랍니다. 미래에는 사회 모든 분야에서 창의력, 혁신 그리고 진취성이 필요한데, 임 군 세대의 자신감과 열정으로 미래는 더 나아질 것입니다.

우리 부부는 임 군이 항상 열심히 전진하길 기원합니다. 임 군과 우리 위대한 미국에 신의 가호가 있기를.

조지 W. 부시

부러진 발목 때문에
수영을 하게 되다

예일 볼(Yale Bowl)에서 풋볼 경기를 관람한 후 가능성 이론 수업을 청강했다.

"한 마디도 이해를 못하겠던데요." 그가 웃으며 말했다.

프린스턴에서 그는 유명한 사교클럽의 회원들과 저녁을 같이 먹은 후 파티에도 참가했다. 뉴욕 시의 컬럼비아 대학을 방문해 즐거운 시간을 갖기도 했다. 하지만 하버드는 뭔가 특별했다.

"이제껏 이렇게 즐거운 주말을 보낸 적이 없어요. 하버드에 갔을 때 저는 사람들이 '하버드'라고 말할 때 어떤 느낌을 갖는지 그리고 그 이름이 사람들에게 어떤 영향을 주는지 알게 되었어요."라고 리오임이 말했다. 크림슨 수영팀에서 준 장미꽃 한 송이를 들고 보스턴 지하철("T")을 타보기도 했다. 이것은 예쁜 여성을 찾아 장미꽃을 주며 케임브리지에서 앞으로 열릴 파티에 초대하는 것이다.

리오임은 "그런 게 있을 거라고는 전혀 생각지 못했지만 예비 신입생들은 다 성공을 하더라고요. 서로를 하나로 묶어주는 데 도움이 되는 것 같아요."라고 말했다.

단순히 하버드에 진학만 하기 위한 것이 아닌 리오임은 수영부와 입학처 직원들과 미팅을 가졌다. 그들은 리오임이 입학 자격이 되는지, 성적과 SAT 점수를 세심히 검토했다.

2주전 입학처에서 전화가 왔었는데 입학 허가가 내려질 가능성이 아주 높다는 편지를 받을 것이라는 내용이었다고 했다. 전화를 받은 것은 아버지와 함께 차에 있을 때였다.

"아버지는 잘 웃지 않는 분이에요. 그런데 하버드에서 전화를 받았을 때 수영 연습을 하러 가는 중이었는데 정말 행복했어요. 기분 최고였죠. 아버지가 손을 내밀며 악수를 하자고 하더라니까요." 리오임이 말했다.

그는 지난주에 받은 입학가능성이 아주 높다는 편지를 액자에 넣어 보관하기로 했다. 최종 입학허가 통지는 12월에 수령할 예정이다.

리오임은 그 동안의 학교 방문이 너무 즐거웠으며, 잘못된 선택을 할 수 없다는 것을 알고 있었지만 자신에게 가장 크게 와닿던 것은 바로 하버드 1학년 교실에서 보았던 동지애였다고 말했다.

"내가 어떻게 그들에게 소속될지 보고 싶었어요. 왜냐하면 물론 앞으로 3년간 공부하게 될 사람들이라는 걸 알고 있었지만요…." 리오임이 말했다.

"내가 하버드에 있었을 때 1학년들은 만난 지 겨우 3주밖에 안됐지만 벌써 형제들이나 마찬가지였어요."

테너플라이에서는 새로운 환경에 적응하는 데 꽤 시간이 걸렸다.

Tigers 수영팀 코치였던 카라 드 블라시오는 "리오임이 1학년 때는 매우 조용하고 내성적이었어요. 2학년이 되자 버스에 탔는데 전화기와 아이팟을 가지고 있는 거에요. 리오를 모르는 아이가 없었어요. 완전히 미국인이 다 된 거죠."라고 말했다.

리오임은 현재 임시비자로 미국에 살고 있지만 올림픽 수영종목에 출전하겠다는 목표를 갖고 있으며, 2016년 올림픽에서 한국 국가대표 선발전 출전에 관한 정보를 받고 있다.

"지난 한 달이 마치 꿈만 같아요. 대학 경험은 정말 멋졌고 모두 뛰어난 대학이었죠. 대학 수영선수들과 어울리면서 그 동안의 내 노력들이 보상을 받았다는 걸 알았어요." 리오임이 말했다.

한 손에 장미를 든 리오임은 보스턴 거리를 걸으며 어떤 전략이 먹혀들지 고민하고 있었다. 그는 예비 신입생 방문기간 중의 미션을 수행하고 있었으며, 난생 처음으로 재미있는 시간을 보내고 있었다. 테너플라이 고등학교의 간판 수영선수인 리오임은 고향인 서울(대한민국)에서부터 이곳까지 오랜 여정을 거쳐왔으며, 최근 하버드대에 입학 통지를 받았다. –대런 쿠퍼(지역 스포츠 칼럼니스트)

"하버드는 한국에도 잘 알려진 학교입니다. 솔직히 제가 하버드에 갈 수 있을 거라고는 생각지 못했지만, 하버드를 방문해보니 저한테 잘 맞는 학교인 것 같아요." 학창시절 더 레코드의 12-for-12 특집기사에도 실렸던 리오임이 말했다. 올해 17세인 리오임은 앞으로 1년이 남았지만 이미 놀라운 성적을 내고 있다.

한국이 고향인 리오임은 하버드에 진학할 예정이며 이미 친구들도 많이 사귀었다. 그는 더 레코드사가 선정한 지난 10년간 가장 뛰어난 선수(All-Decade) 중 수영 종목에 포함된 유일한 2학년생이었다. 대학경기에서 한번도 진 적이 없어서 작년에 테너플라이 고등학교가 최초로 카운티 우승을 차지하는 데 일조했다. 그는 리그 챔피언은 물론 카운티 챔피언 타이틀도 여러 번 거머쥐었으며, 2010년 챔피언전에서 200m 개인혼영에서 우승을 차지했다. 리오임을 아는 사람들은 그가 집중력이 매우 높고 투지가 넘친다고 말한다. 클럽 팀인 와이코프 샥스(Wickoff Sharks)에서 일주일에 6일을 훈련하고, 자신에게 주어진 재능을 더욱 살리고자 오랜 시간 노력했다. 그가 진학할 대학 선택도 이와 유사하다. 그는 하버드, 예일, 프린스턴 그리고 컬럼비아 대학을 방문했다. 각 대학들은 그를 붙잡으려 혈안이 되어 있었다. 예일에서 리오임은 유서깊은

중앙일보

ny.koreadaily.com

"수영·학업, 두 마리 토끼 다 잡고 싶어요"

아이비리그 속속 '런어물'

뉴저지 수영 유망주 레오 임군

코리안 버겐뉴스
The Korean Bergen News

2007년 8월 10일 금요일

중요기사

뉴욕일보
THE KOREAN NEW YORK DAILY

젊은신문 앞서가는신문

MONDAY, NOVEMBER 21, 2011

2011 뉴저지 체육인의 밤 300여명 참석

올해의 선수상 대상에 수영 임지우군

The Record
THE TRUSTED LOCAL SOURCE

ATHLETE OF THE WEEK

March 17, 2010

By ANDY VASQUEZ
STAFF WRITER

중앙일보
New York
THE KOREA DAILY

제13712호

사회

'올해의 남자 수영선수' 선정

The Record ports
THE TRUSTED LOCAL SOURCE

Seniors close with big splash

IHA's Fazio, Tenafly's Lim lead squads to county crowns

BERGEN COUNTY
SWIMMING

The Record
NORTH JERSEY'S TRUSTED SOURCE

50 Cents
WEDNESDAY
March 21, 2012

TODAY 72°/54°
TOMORROW 82°/54°

BOYS SWIMMING

By MIKE ESPOSITO

Lim's legacy solidified

SWIMMER OF THE YEAR

Leo Lim, Tenafly

스포츠서울

2009년 4월20일 (월요일) | 제1671호

7

올림픽 금메달 꿈꾼다!

뉴저지 5개 종목 최연소 신기록 레오 임군

"수학·과학 분야 공부엔 바둑이 최고"

레오 임씨 하버드대에 첫 바둑클럽 개설
공인 아마 4단…22명 소속, 교류전 계획

Sunday Star-Ledger
NJ.COM

...ted to make bigger splash

...creased his versatility, finished season ranked in top six in four events

하버드에서 가장 주목받는
15명의 신입생에 선정되다

하버드가 원하는 것

1. 특별한 재능을 보일 것

    (수영, 야구, 바둑 등으로 지역 신문에 실릴 수 있도록 할 것)

2. 열정을 보일 것

    (자신이 하고 있는 무언가에 대해 대단한 열정을 지니고 있음을 드러낼 것)

3. 완벽한 균형을 유지할 것

    (무엇이든 최고가 되기 위해 최선을 다할 것)

4. 리더가 될 것

    (학생회, 스포츠클럽, 토론 그룹 등에서 대표가 될 것)

5. 역경을 극복할 것

    (가난을 이겨내고 이민자의 어려움을 극복할 것)

6. 남과는 다른 에세이를 쓸 것

    (입학 담당자의 시선을 끌 만한 내용으로 쓸 것)

7. 하버드와의 연결 고리를 찾을 것

 (뛰어난 하버드 재학생을 찾아서 친해질 것)

8. 반드시 하버드이어야 함을 보여줄 것

 (하버드 학생이 되는 것에 대한 필요성을 보일 것)

　아버지는 이렇게 하버드가 원하는 것 8가지를 내 책상에 붙여주셨다. 이 목록은 11살 때부터 내가 하버드에 들어갈 때까지 내 삶의 지침이 되었고, 지금도 이 지침을 생각하면서 살고 있다. 누군가에게는 이 정도의 것들이 쉬워보일 수도 있겠지만 이 지침들은 나와 내 가족에게는 대학에 들어가기 위한 가이드 이상의 것이었다.

　우리가 처음 이 나라에 왔을 때를 생각해보면 참담하기 이를 데 없었다. 우린 어느 집의 지하실에서 살아야 했고 비자를 유지하기 위해 애써야 했으며, 노동을 해보지 않았던 아버지는 공사 현장에서, 한국에서 전문직에 종사하던 어머니는 스킨케어 가게에서 일을 해야 했다.

　피땀 흘린 보람이 있어서 몇 개월 후, 우리 가족은 스스로 자립할 수 있는 기회를 얻게 되었다. 우리가 살고 있는 이 나라에 대한 지식도 충분히 얻을 수 있었고 조그만 아파트의 방세를 낼 수 있을 정도의 돈을 벌게 되었다. 우리가 미국의 첫 번째 '정착지'로 이사 왔을 때, 아버지는 이제부터 새롭게 시작한다는 각오를 하시고는 11살이 된 내게 슬며시 다가와서는 몸을 구부리고 내 눈을 똑바로 바라보며 말씀하셨다.

"아들아, 이걸 보거라. 우리 가족이 좀 더 좋은 곳에서 살려면 네가 이걸 꼭 지켜야 한다."

그때까지는 아버지가 내게 뭘 하라고 말씀했던 적이 없었다. 내게 있어서 아버지는 회사 일만 하시는, 오직 가족을 위해 돈을 벌어오는 존재일 뿐이었다. 한국에 있는 동안, 난 아버지를 본 적이 별로 없었다. 하지만 새로운 나라에서 모든 환경이 달라지자 아버지는 거의 대부분의 시간을 집에서 보내게 되었다.

11살의 내게 '내가 네 아버지다. 아들아 나는 너를 믿는다.'라고 말해주는 것 같았다. 이때 나를 바라보는 아버지의 시선에서 나는 내가 꼭 그것을 해내야만 한다는 것을 느꼈다. 바로 그 순간부터 나는 아메리칸 드림을 생각하지 않았나 싶다. 정말 강력하면서도 다른 길을 갈 수 없는 표지판을 세워주신 것이다. 내게 음식으로는 채울 수 없는 목마름과 배고픔이 무엇이며 내가 어떻게 인생 길을 걸어가야 하는지를 가르쳐준 셈이었다.

내가 장학금을
받아야만 하는 이유

가진 것은 없었지만 우리의 희망과 꿈은 한 칸짜리 아파트를 가득 채우고도 흘러 넘쳤다.

우리의 희망은 '아메리칸 드림'을 실현하는 것이었으므로 우리 부모님은 부족한 돈으로 가족을 부양하고 나와 내 동생에게 충분한 교육과 미국이 제공하는 기회를 누리게 하느라 애쓰셨다. 장학금은 우리가 꿈꾸는 '아메리칸 드림'의 일부분을 채우고, 내가 하버드에서 계속 공부할 수 있는 기회를 제공하게 될 것이므로 우리 가족에게 있어선 정말 중요한 일이었다.

단기 체류 비자만 보유하고 있던 우리 가족은 누구도 합법적으로 미국에서 일을 할 수가 없었다. 한국에 있는 친척들의 도움과 넉넉한 장학 재단의 기부금, 그리고 재정적인 지원이 있었기에 우리는 이 험난한 이민생활에서 살아남을 수 있었다. 와이코프 YMCA와 그들의 인도적인 노력이 받쳐주지 않았다면 난 내 꿈을 좇을 수 없었을 것이고 수영선수로서의 경력도 쌓지 못했을 것이다.

마찬가지로, 하버드 대학의 엄청난 재정적 지원이 없었다면 나의 고등학교 이후의 교육 과정은 제대로 이루어질 수 없었을 것이다. 난 매일매일 감사하는 마음으로 살면서 후일에 나를 있게 해준 이 사회에 받은 것을 되돌려 주겠다는 결심을 하고 있다.

가족에게 모든 것을 의지할 수 없다는 것도 나는 일찍이 깨달았다. 부모님이 나를 도와주기에는 건널 수 없는 강처럼 도저히 할 수 없는 부분이 있었다. 나는 부모님께 금전적인 부분을 모두 의지할 수 없었고 두 분의 부족한 영어 실력 때문에 다른 사람과의 의사소통을 기대할 수도 없었다. 하지만 그대로 의기소침해 있을 수는 없었다. 나는 스스로 독립할 수 있는 방법을 터득하여 독립하고자 마음먹었다. 나를 위해서가 아닌, 내 가족을 위해서 말이다.

내 굳은 의지 때문인지 미국에 온 지 얼마 안 되어 내 영어실력은 점점 나아졌고 가족을 대표해서 미국인들과 대화를 할 수 있는 수준이 되었다. 지속적으로 열심히 운동하면서 나는 내가 하는 모든 것에서 나름대로 뛰어난 능력을 발휘했고, 덕분에 우리 부모님은 내 대학 학비를 부담할 필요가 없게 되었다. 점점 나이가 들어가시는 부모님과 12살짜리 동생 때문에 나는 가족을 먹여 살려야 한다는 어떤 책임의식을 갖게 되었다.

나는 우리 가족이 작지만 '아메리칸 드림'을 이제 조금은 이루었다고 생각한다. 비록 집이나 비싼 차를 사지는 못했지만 8년 전 생존조차 힘들었던 임시체류자가 나름대로 편안하게 정착하게 되었다는 뜻이다. 무엇보다도 우리 부모님은 무일푼으로 시작해서 두 분의 꿈이라 할 수 있는 나의 대학 진학을 이루셨다.

나는 우리 가족의 오늘이 있기까지를 이렇게 이야기한다는 것이 자랑스럽다. 하지만 더욱 중요한 건, 그 과정을 함께 하면서 생긴 가족 간의 추억이다. 결국 인간에게 과거가 없다면 역사가 있을 수 없듯이 우리가 한 가족으로서 함께 해온 지난 8년간의 여정 또한 우리 가족의 역사이기에 이 이상 더 소중한 것이 있으랴 싶다.

7월 1일에 대해

NCAA, 즉 미국대학체육협회의 규정에 의하면 7월 1일은 대학입학 초청을 시작할 수 있는 첫 번째 날이다. 이날부터 각 대학의 코치들은 그해에 고등학교 4학년에 진학하는 3학년 학생들에게 전화를 걸수 있다. 뛰어난 자질을 갖춘 선수라면 이때부터 전화통에 불이 나도록 여러 코치들로부터 전화를 받게 된다. 중간급 선수라도 한두통 정도는 받게 된다.

이날 걸려오는 전화 수를 통해 내가 얼마나 열심히 훈련했고 성과를 거두었는지를 가늠할 수 있다. 간단히 말해 더 많은 전화를 받을수록 더 좋은 선수인 것이다. 운동선수들에게는 정말 기념비적인 날이 바로 이날이다. 몇몇 사람들은 자신이 그 동안 해왔던 노력과 헌신에 대한 보상을 받게 된다. 하지만 나머지 그렇지 못한 학생들에게는 눈물이 쏙 빠지고 정신을 차리게 되는 날이기도 하다.

대부분의 코치들은 9월에서 10월 사이의 주말에 열리는 초청 방문(Recruit Trip)에 학생들을 초대한다. 코치들에게는 새로운 초청 학생들에게 자신들의 프로그램을 알리고 예비 학생들에게는 학교에서의 생활을 미리 알아보는 기간으로 활용되고 있다.

고등학교 4학년, 즉 12학년 초에 나는 4번의 대학 초청 방문을 9월부터 10월 사이의 주말을 이용해 다녀왔다. 내가 정한 대학은 프린스턴, 컬럼비아, 예일, 하버드였다. 여행 중 만났던 사람들은 모두들 내게 대학 생활과 고등학교 졸업 후의 인생에 대해 많은 것을 가르쳐주었다.

어쨌든 가능하다면 NCAA에서 제한하는 최대 5번의 여행 기회를 모두 활용하는 게 좋다. 여행 기간도 48시간 이내로 모두 학교 캠퍼스 안에 머무는 것으로 제한하는데, 이는 대학 간에 우수한 학생을 스카우트하기 위한 부작용을 막기 위한 조치이다.

보통 다른 친구들은 고등학교 3~4학년 때 사비를 들여가며 학교를 방문하는데 나는 한 푼도 들이지 않고 주말을 그 대학에서 보내며 그곳에서 대학 팀원들과 즐거운 시간을 보낼 수 있었다. 교통비와 식사비를 비롯한 모든 비용이 무료로 제공되었다.

대학 입학 초청 제도,
칼리지 리쿠리팅College Recruiting

대학 입학 초청 제도인 칼리지 리쿠리팅은 조금도 과장 없이 아주 흥미로운 과정이다. 많은 사람들이 고등학교 12학년이 대학에 지원하기 위한 스트레스를 받는 기간으로 인식하고 있지만 대학의 초청으로 선발된 학생들에게는 인생에 있어서 가장 즐겁고 흥미로운 시간을 의미한다.

입학을 위해 사전에 특별 초청이 되면 많은 특권이 주어진다. 학생들의 대학 지원 절차 중 가장 처음 하는 것이 바로 자신이 진학하고 싶은 모든 학교를 찾아가 보는 것이다. 물론 방문은 혼자서 하거나 친구들 혹은 가족과 함께 해도 된다. 하지만 캘리포니아 지역에 있는 학교는 비싼 항공료로 인해 방문을 하지 못할 수도 있다. 이 경우 학교 목록을 만들어서 범위를 좁혀 나간다. 그러면 대략 10개 정도의 대학에 지원하게 된다.

응시료는 학교당 100달러씩이다. 이 응시 원서를 채워넣는 일이 12년(고교 4년 포함) 동안 학창 시절의 대부분보다 더 중요한 것을 차지하게 될 수도 있다. 그 다음엔 결정의 순간이 다가올 때까지 안절부절못하며 기다리는 것이다.

하지만 대학 입학을 위한 사전 초청 선발은 일반적인 신입생 선발 과정과는 달리, 위에서 말한 것처럼 지루하거나 돈이 많이 드는 것과는 꽤 거리가 있다. 수영선수인 나의 경우에는 대학 코치가 학생들을 공식적으로 초대하는 것에서부터 시작한다.

앞서 말했듯이, 초청을 받은 학생들은 최대 5번까지 공식 방문 일정에 참여할 수 있는데 공식 방문의 경우 관련 비용은 모두 학교에서 부담하며 48시간 동안 주로 주말을 이용해서 대학 생활을 체험해 볼 수 있도록 이루어진다. 이들은 학교 방문에 비용을 들이지 않고도 캘리포니아까지 날아가서 거기에 있는 모든 사람들로부터 굉장히 중요한 사람으로 대접을 받게 된다. 거기에서 끝나지 않는다.

공식 방문 일정이 모두 끝나면 초청 학생들은 보통 자기가 꼭 가고 싶은 대학을 결정하고 응시 원서를 한 장만 작성한다. 다른 친구들이 다음해 4월(물론 조기 지원으로 크리스마스 무렵에 결정되는 친구들도 많지만)까지 조용히 숨죽이며 학교의 결정을 기다리고 있는 동안, 이들 초청 학생들은 빠르면 10월에 결정을 내리고 대학 입학에 대한 걱정을 덜어버릴 수 있다. 고등학교에서의 마지막 생활을 즐기며 마치 대학생이 된 것처럼 지낼 수 있게 되는 것이다. 물론 초청 학생이 아니더라도 많은 우수한 학생들이 자기가 꼭 들어가고 싶은 대학 한 곳을 선택해서 조기 전형을 하는 것이 일반화되어 있다.

방문한 대학의 캠퍼스에 있는 모든 사람들은 자기 대학이 초청한 이들 예비 대학생들이 행복해지길 바라고, 학교와 급우들을 좋아하게 되길 바라며 결국에는 자기 학교를 선택해주길 바란다. 그리고 자신이 갖고 있는 능력이 얼마나 훌륭하고 학교가 그러한 능력을 얼마나 필요로 하느냐에 따라 이 예비 대학생들은 아주 중요한 손님으로 대접을 받게 된다.

하버드 대학에서
초청을 받다

첫눈에 반하는 것 같은 그런 것이었다. 공항에서 코치님이 몰고 오신 흰색 밴에 올라타는 순간 보였던 것은 '하버드 남자 수영'이란 글씨였다. 코치님은 우리가 캠퍼스를 살펴볼 수 있도록 도와주셨다. 나는 그때 '내가 여기 오지 못하면 내 남은 인생은 비참해질 거다.'라며 내 스스로에게 말한 것을 기억한다.

학교의 건물은 대부분 아름다운 빨간색 벽돌 건물로 이루어져 있었다. 건물에는 역사와 전통이 담겨 있었고 모두 고대 유럽을 여행하면 볼 것 같은 오래된 대형 교회와 유사한 건축 양식으로 지어져 있었다.

우리가 찰스 강을 지날 때쯤 상큼한 가을바람이 불어왔다. 경주용 보트는 배를 젓는 학생들의 단단한 팔뚝의 힘으로 움직이고 있었고 그들이 지나간 물 위에는 비행기가 지나간 것처럼 길게 V자가 그려졌다. 그날 밤 우리는 아넨버그 홀에서 저녁을 먹었다. 위협적인 크기와 섬세한 인테리어를 갖춘 이곳은 영화 〈해리 포터〉에서 본 식당을 떠올리게 했다.

나를 초청한 사람의 이름은 카일이었다. 텍사스의 플라노 웨스트 출신인 그는 길지도 짧지도 않은 지저분한 금발 머리를 하고 "기꺼이 친구가 되어 드리겠습니다."라고 말했다. 그리고 정말 신나는 일로 가득 찬 어린아이처럼 빠른 걸음으로 걸었다. 물론 그는 그냥 자기가 걷던 보폭으로 걸었겠지만 분명 걷고 있는데도 점점 더 빨리 멀어졌다. 그를 처음 만났을 때 그는 버튼다운 셔츠와 밝은 색상의 바지, 그리고 스페리의 톱사이더 신발을 신고 있었다. 그의 프레피 복장만 봐도 쉽게 그가 크림슨(하버드 인을 의미)임을 짐작할 수 있었다.

우리는 각자 코치님과 개별 면담을 갖고 팀에 합류하게 될 가능성에 대해 서로 이야기했다. 팀 코치님은 하버드 남자 수영 팀에 대해 말씀해주시는 것으로 면담을 시작했다. 코치님께서는 프로그램의 가치와 목표에 대해 설명하고 내가 팀에 커다란 기여를 할 수 있다고 말씀하셨다. 나는 코치님께 지금까지도 잘 해왔고 하버드를 선택한 것이 그 중에서 제일 잘한 결정이었음을 확인시켜 드리고 싶다고 말했다. 코치님은 그 말에 무척 기뻐하는 것 같았다. 코치님들과 면담 후에는 입학 사정관들과의 인터뷰 일정이 잡혀 있었다.

운동선수들의 입학 과정에 있어서 가장 중요한 부분이 입학사정관과의 인터뷰라고 알려져 있었기 때문에 어쨌든 모두들 긴장하고 있었다. 이 인터뷰에 따라 당락이 결정될 수도 있기 때문이었다.

마침내 우리는 이 과정이 전혀 걱정할 필요가 없다는 것을 깨닫게 되었다. 사무실 안에 들어서자마자 나는 내 인터뷰 담당자인 다니엘 얼리에게 정중히 인사했다. 내가 자리에 앉자 그녀의 질문이 시작됐다. 하지만 내가 생각했던 것만큼 위협적인 질문으로 나를 공격하지는 않았다.

다니엘은 단순히 대화를 하고 싶어했고 한 인간으로서의 내 모습을 알고 싶어했다. 대부분의 이야기는 내 가족에 대한 것과 가족이 내게 있어서 얼마나 중요한지에 대한 것이었다. 예의 바른 표정으로 듣고 있던 다니엘은 계속해서 대화를 이어갔다. 입학사정 인터뷰를 마치고 나온 우리는 모두 자신감과 설렘 말고는 남을 게 없었다.

우리는 토요일 오후에 옷을 잘 차려입고 오라는 소리만 들었다. 우리가 모두 정장을 입고 준비를 마쳤을 때 우리를 초청한 사람들이 우리를 하버드 스퀘어 역으로 데려갔다. 초청 학생으로 온 우리 중 누구도 여기서 뭘 하라는 건지 알지 못했다. 그들은 우리에게 어떤 계획인지 말해주지 않았고 우린 그냥 뭔가 기대에 차 있을 뿐이었다.

팀을 따라 지하철역으로 들어간 우리는 보스턴 중심부로 향하는 기차를 탔다. 쇼핑 지구로 알려진 뉴베리 스트리트에서 내린 다음 4학년 선배들이 도착하기를 기다렸다. 이윽고 선배들이 도착해 우리에게 장미 한 송이씩을 주었다. 하버드 초청 방문에서 만났던 라이언과 나는 서로를 바라보며 당황스러움을 감추지 못했고 이 장미가 무슨 의미인지 궁금해했다. 그때 주장이 앞으로 나와 이렇게 말했다.

"장미 세리머니는 우리 하버드 남자 수영 팀의 오랜 전통이다. 지금부터 모두 뉴베리 스트리트로 나가 보스턴에서 너희들이 본 중에서 가장 아름다운 아가씨에게 장미를 전해야 한다. 그런 다음 그 아가씨 전화번호를 따서 오늘밤 하버드에서 열릴 파티에 초대해라."

그의 말을 머릿속에 새겨둔 채 우리는 장미를 건네줄 만큼 아름다운 아가씨를 찾으러 길을 나섰다. 40명의 대학생처럼 잘 차려 입은 우리는 손에는 장미를 들고 보스턴에서 가장 매력적인 거리를 걸으면서 지나가는 사람들 모두를 주시하기 시작했다.

나는 야외 식당에 앉아 저녁을 즐기고 있는 무리 중 한 아가씨에게 장미를 건네주기로 했다. 내가 천천히 그녀에게 다가서자 팀원들이 응원의 함성을 질렀다. "받아라! 받아라!" 그녀의 이름은 매기였고 보스턴 대학의 신입생이었다.

우리가 가진 장미를 모두 건네주었을 때쯤 우리는 거의 뉴베리 스트리트의 끝에 와 있었고, 곧 보스턴 푸르덴셜 센터로 건너갔다. 우리는 거기서 팀으로서의 첫 번째 저녁식사를 하고 다시 돌아왔다.

다시 기차를 탄 우리는 하버드 스퀘어 역으로 돌아왔고 주장들은 각자의 기숙사에서 초청 학생들을 위한 파티를 열어주었다.

그날 밤, 초청 학생들은 파이널 클럽에서 하버드만의 가장 멋진 파티 장면을 체험할 수 있었다. 그리고 매기가 그 파티에 나타나 나를 깜짝 놀라게 했다.

하버드 대학에서 온 입학허가서와 공문들

칼리지 리쿠리팅 초청장은 하버드, 프린스턴, 예일, 스탠퍼드, 컬럼비아, 유펜, 브라운, 코넬 등 20여 개 대학에서 왔다

하버드에 헌신한다는 말의 의미

하버드 초청학생 방문 중 인터뷰를 위해 나는 커클랜드 식당에서 팀 머피 코치님과 부 코치인 케빈 티렐 코치님과 마주보고 앉아 있었다. 두 분은 내게 학교와 운동 프로그램에 대해 어떻게 생각하느냐고 물었다. 재빠르게 대답한 나는 학교가 얼마나 멋진지, 내가 팀을 얼마나 좋아하는지에 대해 말했다. 그런 다음 나는 코치님께 이렇게 말했다.

"전 하버드에 진학하기로 결정했습니다."

운동선수들은 이걸 '헌신한다'고 말한다. 학교를 방문한 이후 운동선수는 가장 좋아하고 입학하고 싶은 학교에 헌신한다. 팀 코치님은 기뻐하면서 왜 그런 결정을 내렸는지 궁금해하셨다. 나는 하버드에서 가장 마음에 드는 부분은 사람이라고 말씀드렸다. 초청 학생 방문 중 만난 모두가 어떤 면에서 특별했기에 앞으로 펼쳐질 4년의 세

월을 이들과 보내고 싶다고 말했다. 그 다음에는 운동 프로그램과 학교의 우수함에 대해 말했다. 나는 확실하게 크림슨이 되고 싶다고도 말했다.

하지만 내가 코치님께 말씀드린 부분은 진실의 일부일 뿐이었다. 우리 가족이 미국으로 이민을 와서 나를 이 학교에 보내기 위해 수년을 고통 속에 지냈다는 이야기는 하지 않았다. 내가 좋아하는 학교와는 상관없이 부모님은 오직 최고의 학교인 하버드만 허락해주실 거라는 것도, 한국에 살 때 가까운 분들로부터 미국대학 중에 오직 하버드라는 이름만 들어봤다는 것도, 코치님을 만나 그 자리에 앉을 때까지 난 아버지로부터 하버드 입학을 위해 '하버드가 원하는 것'이라는 8가지 제언을 받았고, 오직 하버드만이 내가 원하는 학교였다는 사실도 말하지 않았다.

최고로 뽑힌
나의 하버드 입학 에세이 전문

나의 삶, 버비

"여보세요." 나는 TV를 끄고 전화기를 집어 들었다.

"그래, 나다." 아버지였다. "야, 잘했다. 오늘은 그만 잊고 내일 최선을 다해라. 내일이 마지막 날이잖니."

"예, 아버지. 그럴게요."

전미대회 3일째 되는 날이었다. 이번 대회에서 난 아직까지 제대로 된 기록을 내지 못했다. 아버지와 나 둘 다 내 기록에 만족하지 못했고 우리는 아주 뻔한 격려성 대화를 했다.

그런 다음 아버지께서 말씀하셨다. "잠깐만, 네 동생이 통화하고 싶다는구나."

"오케이, 아버지."

전화기 너머에서 꼬맹이 여동생의 웃음소리가 들렸다.

하버드에서 가장 주목받는
15명의 신입생에 선정되다

"안녕, 버비!"

버비, 10살짜리 내 여동생이 나를 부르는 말이다. 이 별명은 꽤 재미있는 비하인드 스토리가 있다.

어느 날 내 여동생이 '버비'란 말이 이디시어(유럽의 중심부와 동부에 사는 유대인들의 언어)로 할머니라는 뜻이란 걸 알게 되었다. 내 동생은 멍청하게도 그 후로 며칠 동안 나를 '버비'라고 부르며 놀렸다. 새로 생긴 별명이 그다지 달갑지 않아서 나는 여러 번 동생에게 별명이 별로라고 말했다. 그리고 내 진짜 이름을 부를 때까지 불러도 대답을 하지 않기도 했다.

하지만 내 노력에도 불구하고 결국 그게 그냥 내 별명이 되어버렸다. 마음에 안 들기도 하고 궁금한 생각도 들어서 내 별명을 구글에서 검색해보기로 했다. '버비 Bubby'라는 단어는 의미가 몇 개 없었다. 할머니라는 뜻도 있었지만 '형제'라는 뜻도 있었다. 이런 어이없는 우연을 믿을 수가 없었다. 그때부터 내 동생은 나를 버비라고 부르는 데 더욱 용기를 얻었다. 어찌됐든 내 동생은 나를 오빠라고 부르고 있는 것이므로 그다지 싫게 들리진 않았다.

"버비! 듣고 있어?" 전화기를 통해 동생의 고함소리가 들린다.

"응, 그래. 잘 지내니?"

"수영하는 거 봤어! 잘했어!" 녀석은 항상 그렇게 말한다. "버비, 내일도 이기는 거 꼭 보고 싶어. 할 수 있어! 이겨야 돼, 버비!"

그날 밤, 나는 내 동생이 날 기분 좋게 만드는 방법에 대해 생각해

봤다. 내 앞에 놓인 수영대회에 대한 걱정은 전혀 들지도 않았다. 대신 잠들기 전에 내가 동생에게 크리스마스 선물을 줄 때와 내가 수학 숙제를 도와줬을 때 그리고 바비 인형이랑 놀아주기로 동의했을 때 활짝 웃던 모습을 떠올렸다. 난 내가 누군가 다른 사람 때문에 한 무더기의 바비 인형과 동물 인형을 갖고 함께 놀게 될 줄은 꿈에도 몰랐다. 그리고 비록 공개적으로 인정할 생각은 없지만 그 시간은 절대 잊을 수 없는 즐거운 시간이었다. 언제라도 내 기분을 끌어올려 주고 다른 모든 것을 잊은 채 웃게 만들어줄 수 있는 내 동생의 능력에 감사하는 마음으로 그 장면들은 내 기억 속에 영원히 남을 것이다. 꼬맹이 여동생을 돌보고 그 애가 행복해하는 걸 보는 것으로 기분이 좋아질 때면 내가 진짜 '할머니'가 된 것처럼 느껴지기도 한다.

다음날, 수영대회 최종 결선에서 아나운서가 웃으며 이렇게 말하는 것 같았다.

"5번 레인, 뉴저지 와이코프에서 온 리오임. 그는 이번 경주를 여동생에게 바칩니다."

하버드 대학에 입학하기 위해 제출한 나의 실제 에세이다. 500자 이내로 작성해야 하는 에세이는 당락에 큰 영향을 미친다. 후에 나는 가장 잘된 글 중의 하나였다는 이야기를 학교 측으로부터 들었다. 이에 나의 영문 에세이를 싣고자 한다.

My Life as Bubby

"Hello." I muted the TV and picked up the phone.

"Yeah, it's me." It was my father. "Hey, good job. Forget about today and just prove yourself tomorrow. It's the last day."

"Okay, Dad. I will."

It was the third day of Nationals, and I did not have a great day at the meet. Both my dad and I were not too satisfied with my performance and we had the usual monotonous pep talk.

Then he said, "Hold on. Your sister wants to talk to you."

"Okay."

Over the sound of a little girl giggling, I heard, "Hi Bubby!"

Bubby. This is what my ten year old sister calls me. There is a rather laughable story behind this nickname.

One day, my sister somehow found out that 'bubby' means grandmother in Yiddish. So, as silly as she was, for the next few days, she called me 'bubby' jokingly and I was not too happy with my new nickname. I told her many times that it was lame and I refused to respond unless she called me by my real name.

Despite my effort, the name stuck. Out of frustration and curiosity, I decided to google this nickname of mine. The word 'bubby' had a handful of meanings including grandmother, but it could also mean 'brother.' I could not believe this crazy coincidence. From then on, my sister was encouraged to call me Bubby. No matter what she intended to call me, I was called brother. It really didn't sound bad anyway.

"Bubby! Can you hear me" She yelled through the phone.

"Oh, yeah. Hey, what's up"

"I saw you swim! Good job!" She always tells me that. "Bubby, I wanna see you win tomorrow. I know you can do it! Go, Bubby!"

"I will. I promise."

That night, I thought about the way my little sister made me feel. I could not even worry about the swim meet in front of me. Instead, before falling asleep, I pictured her smile when I gave her a Christmas present, her smile when I helped her out with her math homework, and her smile when I finally agreed to play with her Barbie dolls. I never thought anyone could convince me to play with a bunch of Barbie dolls and stuffed animals. And although I will never openly admit, it was a fun experience that will not be forgotten. It will forever stay in my memory as an appreciation of my sister's ability to cheer me up anytime, and to make me forget about everything and just smile. Sometimes I actually feel like a 'grandmother' caring for a little girl and being glad just by seeing her happy.

Next day, in the final race of the swim meet, the announcer seemed to smile as he said, "And in lane 5, Leo Lim from Wyckoff. He dedicates this race to his little sister."

내게 하버드 입학의 의미란?

나의 부모님은 당신들 소유로 되어 있는 것이 거의 없다. 그분들이 가진 삶의 목적은 오로지 내가 하버드에 입학하기 위한 것이었다. 다시 말하면, 두 분의 남은 생애에 바라는 것이 있다면 바로 내 동생 클리오와 내가 성공의 디딤돌이 될 수 있는 좋은 학교에 입학하는 것이었다.

내 부모님은 방이 하나뿐인 아파트에 살면서 일주일 내내 일만 하셨다. 친구나 가족 하나 없는 이국땅에서 우리의 미래 말고는 아무것도 기대하는 것이 없었다.

오로지 자식이 세계 최고의 학교에 입학하는 것만이 바닥까지 떨어져 버린 가족을 구원하는 것이었다. 그것이 다른 이민자 가족과 가난한 이들에게 용기를 북돋아줄 것이라고 생각하셨다. 시작은 초라했지만 그 끝에는 무언가 커다란 것이 자리 잡고 있음을 알고 계셨다.

따라서 내가 하버드에 입학하는 것만이 지금까지 나를 키워주신 두 분께 감사를 표하는 가장 좋은 방법이었다. 그것은 한마디로 부자가 되거나 유명해지는 것보다 더 좋은 일이었다. 이것이 나를 지금까지 키워주신 부모님께 바치는 나만의 최고의 감사 표시였다.

이 나라에 이민을 오면서 바닥까지 추락한 우리 가족은 나의 하버드 입학과 함께 큰 보람을 찾게 되었다. 이민자 가족으로 살아온 지난날의 각고의 노력과 가난과 벌였던 사투가 지금은 큰 의미가 되어 다른 이민자들과 가난한 사람들에게 용기를 줄 수 있게 되었다. 내 부모님이 겪었던 그 모든 시련들은 가치가 있었고 그렇게 살아온 것이 잘한 것으로 이제 증명이 된 셈이다.

우리의 주변 사람들이 우리 가족이 살아가는 모습을 본다면 어떤 생각이 들까? 특히 아버지께서 우리를 돌보기 위해 직장까지 그만두시자 비난의 화살을 퍼부었지만 부모님은 조금도 흔들림이 없으셨다. 자식을 위해 이런 결단을 할 사람이 얼마나 있을까 싶다. 이제 내가 하버드에 입학함으로써 그 모든 것들이 잘한 것으로 정당화 되었다. 내가 해내지 못했다면 이 모든 것들은 그냥 실수로 남아 주위 사람들로부터 입방아거리가 되고 말았을 것이다.

나는 미국으로 건너와 시작한 수영으로 단 7년 만에 〈레코드〉지가 선정한 '올해의 수영선수'에 세 번이나 이름을 올릴 수 있었다. 그리고 하버드 대학에 수영 특기생으로 학비를 전액 면제받고 진학할 수 있었다.

　나는 물론 야구를 하다가 다리를 다쳐서 우연히 수영장에 가게 된 것이 계기가 되어 수영을 하게 되었지만, 2005년 이민을 올 당시부터 아버지와 함께 하버드 대학이 선호하는 운동종목을 찾아봤었다. 수영이나 야구 등 여러 종목이 눈에 띄었지만, 그 중 수영이 가장 접근하기 쉬운 종목이었다. 하지만 그렇기 때문에 수영을 시작한 것은 결코 아니다.

　나는 미국에 와서 수영을 한 지 4개월 만에 YMCA로 스카우트되었다. 그리고 드디어 하버드 대학으로부터 입학 통보를 받게 되었다.

　하버드에서 우편으로 합격통보를 받은 날은 정말 평생 잊지 못할 것이다. 미국은 재미있게도 입학하는 해보다 졸업하는 해를 더 중요하게 생각한다. 그래서 졸업 연도를 입학 통보서에 싣고 미리 축하를 한다.

　"2016년 하버드 졸업생이 되심을 기쁘게 생각합니다."

　이 말이 또 한 번 나를 반하게 했다. 입학하기도 전에 졸업을 축하받는 기분은 그걸 느껴보지 못한 사람은 아마 이해하지 못할 것이다.

　다음은 하버드로부터 받은 입학허가서이다.

임지우 군에게

2016년 하버드 졸업생이 되심을 허가하게 되어 기쁘게 생각합니다.

다시 한 번 축하의 말을 전합니다.

올해 본교 입학 지원자는 34,000여 명에 달했습니다. 재능이 뛰어나고 입학 자격을 갖춘 지원자가 너무 많다 보니 입학위원회에서는 학업성적이 우수하고 풍부한 과외활동 경험이 많은 특출한 학생들을 선별해내느라 무척 애를 먹었습니다. 위원회에서는 임지우 씨가 대학 재학 중에는 물론이고 졸업 이후에도 많은 역할을 할 것으로 확신합니다.

우리 교수진과 학생들은 임지우 씨를 몇 주 후에 케임브리지 시로 특별히 초대하고자 합니다. 최종적으로 대학을 선택하는 데 있어 우리에게 오는 것이 도움이 된다고 생각한다면 이번 기회를 놓치지 말기 바랍니다. 이에 초청장을 동봉하여 보냅니다.

5월 1일까지는 우리 대학에 진학할지의 여부를 알려주기 바랍니다. 아직 우리에게 결정을 통보하지 않았다면, 온라인으로 아래 사이트에서 통보하여 주시기 바랍니다.

(https://admapp.admissions.fas.harvard.edu/hanevo/accepted/haServices.do). 오는 가을학기부터 입학하기로 하였다면 1학년 학생처에서 여름방학 중에 상세 정보를 송부할 것입니다.

약 20년 전부터 우리 대학에서는 학생들의 입학을 1년간 유예할 수 있는 제도를 운영하고 있습니다. 많은 학생들이 이 제도를 이용해 다양한 경험을 하고 매우 보람 있는 시간을 보냄으로써 대학생활에도 많은 도움을 받고 있습니다. 입학을 유예하고 싶다면 위의 웹사이트를 방문해 로그인을 한 후 유예 등록을 하기 바랍니다.

동봉한 자료 중에 최종 성적증명서 양식이 있습니다. 이번 학년이 끝나면 상담교사가 양식을 작성하여 우리에게 송부해야 합니다. 입학위원회는 상기의 사이트에 설명된 특정 조건에 의거해 입학허가를 철회할 수 있는 권리가 있습니다.

오래전부터 우리 학교에서는 입학허가를 받은 학생들에게 필요한 재정 지원을 하기 위해 노력해왔습니다. 최근에는 장학금 제도를 개선하여 유망한 학생들이 모두 지원을 받을 수 있도록 하였으며, 저소득층 학비보조금 지원제도를 견고히 유지하고 있습니다. 학비보조금과 관련하여 궁금한 사항이 있거나 가정의 재정상황에 대해 우리가 알아야 할 추가정보가 있으면 지금 통보를 해도 좋고 아니면 재학 중이라도 통보해주기 바랍니다.

우리는 임지우 씨가 우리 하버드 대학에 진학하기를 진심으로 바라고 있습니다. 이에 대학 선택에 도움이 될 만한 정보를 동봉했습니다. 어떠한 결정을 하든지 항상 건승하길 기원하겠습니다.

감사합니다.

윌리엄 R. 피츠시몬즈
입학 및 학비보조처 처장

하버드로 향하는 기차에서

우리는 기차 출발 10분 전에 리버 에지 기차역의 주차장에 도착했다. 보스턴으로 가는 기차를 타기 위해서는 이 타운의 기차역까지 와야 했다.

클리오와 아버지가 벤치에서 기다리는 사이, 나는 기차표를 사서 여행 일정을 다시 한 번 확인했다. 내가 벤치로 돌아오자 클리오가

여동생 클리오와 함께

내게 물었다. "나 보고 싶을 거지?" 그제야 내가 떠난다는 것이 실감났다. 내가 대답했다. "그럼, 당연하지."

곧 돌아올 거라고, 그리 오래 가 있진 않을 거라고 동생에게 말해주고 싶었지

만 그땐 그럴 수 없었다. 나는 오랫동안 아주 멀리 떨어져 있을 것이기 때문이었다. 바로 그 순간까지도 오로지 나는 집을 떠나서 뭔가 새로운 조직의 일원이 된다는 것과 하버드라는 새로운 세상에 새로운 가족(수영 팀)이자 친구로 받아들여진다는 점에 흥분되어 있었지만 지금은 마지막으로 클리오를 안아주고 우는 걸 지켜봐야 했다. 지금까지 나와 늘 함께 했던 가족과 헤어지는 것을 생각하니 내가 가족과 지냈던 지난 18년 동안 내 동생도 항상 내 옆에서 나를 웃게 만들어 주었음이 애틋하게 여겨졌다.

내가 기차에 올라서면서 마지막으로 본 것은 활짝 웃고 있는 아버지와 눈물을 흘리고 있는 클리오의 모습이었다. 기차를 타고 가는 내내 내가 앞으로 접하게 될 미래에 대한 설렘보다는 남겨두고 온 것들이 머릿속을 떠나지 않았다.

클리오는 말괄량이 같은 아이여서 한 번도 그렇게 우는 걸 본 적이 없었다. 동생을 안아주며 함께 울어주고 싶었지만 기차는 이미 움직이기 시작했고 우리 사이의 거리는 이미 엄청나게 멀어져 있었다.

가장 주목받는
15명의 신입생에 선정되다

내가 그 이메일을 받았을 때 나는 엑스포 에세이 작업에 한창이었다. 얼핏 보기에 초대장처럼 생긴 것이어서 신입생들이 어떤 이벤트에 초대된 것이라고 생각했다.

첨부되어 있는 포스트를 클릭하자 '가장 주목받는 15명의 신입생, 2016년 클래스'라는 문구가 보였다. 그걸 보고 처음 내 머리 속을 스친 생각은 '우리 팀 선배들이 장난을 치는구나'였다. 하지만 구글에서 관련 내용을 검색해보고선 '가장 주목받는 15명의 신입생'이란 것이 내가 모르고 있던 하버드의 전통임을 알게 되었다.

참고로 미국에서는 나처럼 2012년 입학생을 부를 때 졸업 예정연도인 2016년 클래스라고 부른다. 이런 방식은 모든 호칭에 따라 붙는다. 예를 들어 '2012~2013' 시즌이라고 하면 2012년 가을학기부터 2013년 학기가 끝나는 초여름 학기까지 1년 시즌을 의미한다.

해마다 대학에서는 학생들이 복수의 후보를 추천하게 되고 추천된 후보들 중에서 최종적으로 15명의 주목받는 최고 인기 신입생을 선정하게 된다. 우리 수영 팀에서는 2014년 클래스 중 한 명인 윌 브로피와 2015년 클래스 중 한 명인 그리핀 슈마허가 당

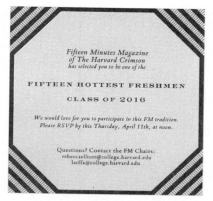

가장 주목받는 15명의 신입생에 선정된 기념증서

시에 선발되었다는 것을 알게 되었는데, 내가 우리 수영 팀의 전통을 이어 2016년 클래스 중 한 사람으로 뽑혔다는 것에 스스로 놀랐다. 나는 기꺼이 하버드의 전통을 잇는 2016년 클래스의 일원이 되기로 동의했으며 하버드 남자 수영부는 3년 연속으로 '주목받는 15명의 신입생'을 선발해내는 쾌거를 올렸다.

1873년에 창간된 하버드의 공식 학보사에서 발간하는 〈크림슨〉은 매사추세츠 주 케임브리지 시에서 유일한 일간지이며 전적으로 학부생들에 의해 만들어진다. 크림슨 출신들의 많은 선배들이 현직 언론인으로 활동하고 있으며 이들 중 일부는 언론의 노벨상이라 불리는 퓰리처 상의 수상자이기도 하다.

우리는 어느 화창한 오후에 하버드 〈크림슨〉지의 사무실에 모여 이야기를 나눴다. 그야말로 '주목받고 시선을 끄는, 이 매력적인' 15

명의 신입생들은 만나자마자 서로 금방 친해졌다. 우린 사무실 직원의 안내에 따라 케임브리지 주변에서 사진을 찍었다. 하버드 스퀘어에 있는 식당, 서점, 애덤스 하우스 코트야드에도 가고 캠퍼스 주변 거리를 활보하기도 했다.

사진 촬영은 거의 3시간 이상 걸렸다. 촬영이 다 끝난 후에 나는 엄청나게 밀린 일을 해야 했지만 이 경험을 통해 나는 앞으로의 학교생활에 대한 즐거움과 자신감이 생겼다. 정말 좋은 경험이었다.

하버드는 내가 생각하는
그 이상이다

아이덴티티 패션쇼의
모델이 되다

아침을 먹던 잭이 4월에 열리는 패션쇼에서 모델이 되어줄 수 있겠냐고 물었다. 난 그런 것에 대해 아는 게 별로 없었지만 팀메이트이자 친구인 녀석에게 그냥 하겠다고 말했다.

잭 프레토는 예술, 특히 패션 쪽에 엄청난 재능을 갖고 있는 우리 팀 3학년이다. 그는 '색다른 보타이(www.theoffbeatbowtie.com)'라고 부르는 블로그를 운영하면서 케임브리지와 보스턴 주변에서 만난 사람들이 하고 있던 '보타이'의 사진을 찍어 게재한다(색다르다는 게 뭔지는 정의할 수 없지만 말이다). 그는 항상 멋지게 옷을 차려 입고 어깨에는 전문가용 카메라를 걸치고 있었다.

듣자 하니 이번 패션쇼는 굉장히 큰 쇼였다. 패션쇼를 보도하기 위해 많은 취재진들이 몰려오고 관람석은 이미 매진이 되었다고 했다. 거의 1천 명이나 되는 사람들 앞에서 스포트라이트를 받으며 걸어간다는 게 약간 두려웠지만 잭이 준비해준 리허설 덕분에 제대로 대비할 수 있었다.

난 패션의 전문가도, 패션쇼를 자주 보러 다니는 사람도 아니었지만 쇼의 마지막쯤에 잭의 입가에 번진 커다란 미소를 보고 '2013 아이덴티티즈 패션쇼'는 성공적이었다는 것을 알게 되었다.

학생들이 모든 것을 기획하고 실행하여 진행되는 쇼를 지켜보는

패션쇼에서 마법사의 망토와 같은
옷을 입었다.

것은 놀라움 그 자체였다. 잭과 같은 재능을 지닌 학생들이 모여 디자이너를 섭외하고 옷감 주문, DJ 섭외, 소품 준비, 티켓 판매에 언론 홍보까지 모두 다 해냈다. 학생이 가진 힘이 얼마나 큰 것인지를 알 수 있는 매우 흥미로운 시간이었다.

이처럼 열정을 갖고 도전하는 학생들에게 하버드는 그들이 필요로 하는 것을 제공해준다.

패션쇼에서 나는 두 벌의 의상을 입었다. 처음에 입었던 것은 꼭 잠옷처럼 생겼는데 오렌지 색깔의 로고가 있는 흰색 바지와 셔츠였다. 두 번째 입은 의상은 괴상한 마법사의 망토와 비슷하게 생긴 것이었다.

아무튼 처음 시작은 친한 친구의 부탁을 들어주는 것이었지만 마지막에는 친구에게 감사의 인사를 듣는 것 이상의 결과물을 얻게 되었다. 내가 지금까지 겪어왔던 일들과는 전혀 다른 경험이었고 수영을 제외한 다른 일을 하버드에서 해보았다는 사실도 재미있었다.

하버드에
바둑 클럽을 만들다

내가 알기로 하버드에는 사람들이 상상할 수 있는 모든 종류의 클럽이 존재한다. 심지어는 클럽 활동이라는 미명 아래 루빅 큐브를 풀기만 해도 학교에서 지원금이 나오며 그 지원금으로 클럽을 운영할 수 있다. 명상 클럽에서부터 하버드에 다니는 힌두교 학생들의 모임까지, 학생 그룹은 어디에나 존재하며 학교생활의 큰 부분을 차지한다.

난 하버드에도 바둑을 두는 클럽이 당연히 있을 거라고 생각했다. 그래서 바둑에 관련된 것이 있는지 찾아보기 위해 친구들에게 묻기도 하고 학생 생활처를 찾아가 보기도 했다.

몇 주가 지나서야 겨우 클럽 관계자와 연락을 취할 수 있었다. 처음에는 바둑을 좋아하는 학생 몇 명이 매주 한 번씩 모여 게임을 즐기려고 했다는 소규모 모임이 있었다. 이런 모임이 있다는 것을 알게 된 후로는 나도 매주 모임에 참석하기 시작했다. 그러던 중에 우리 소모임도 학교의 지원을 받는 클럽이 되었다. 이제 재미있게 즐길 생각으로만 열렸던 모임이 공식적인 클럽 모임으로 변했고, 하버드 대학 바둑 클럽으로 등록되어 미국대학 바둑협회에 등록된 23개 학교 클럽과 경쟁을 하게 되었다.

바둑에 있어서 지난 3월은 몹시도 흥미로운 달이었다. 하버드에서 주최하는 주말 바둑 대회에 참가하여 지독한 경쟁을 치러야 했는데, 주말인 3월 23일이 되어 춘계 바둑 엑스포가 열리자 프로 기사, 교수, 심지어는 중학생들까지 전국에서 모여들었다. 특별 손님 중에는 전 세계 챔피언인 창하오 9단도 있었다. 서양에서 바둑은 잘 알려지지 않은 게임이지만 다수의 참가자와 열정이 더해지자 확실한

하버드에서 열린 춘계 바둑 엑스포

인기몰이를 하게 되었다.

그건 정말 경이적인 사건이었다. 우리는 다른 방식으로 게임을 축하하는 대신 그냥 바둑을 두었다. UC 버클리의 벌렉켐프 교수님이 조합 게임 이론에 대한 강의를 했고, 우리는 '서라운딩 게임'이라는 바둑에 대한 이야기를 다룬 다큐멘터리를 시청했다. 중학생이 참가하는 청소년 토너먼트도 열려서 관전하는 우리의 손에 땀을 쥐게 만들었다.

미국대학 바둑협회의 후원을 받은 이번 엑스포는 전 세계에서 150명이 참가했으며 바둑 커뮤니티와 바둑을 알리는 데 큰 역할을 했다.

아무튼 나의 적극적인 활동으로 하버드에 최초로 바둑 클럽이 생긴 일은 나로서도 꽤 즐거운 사건이었다. 학교 측에 정식 클럽으로 인정받기 위해 노력해서 결실을 맺게 된 것은 매우 보람 있는 일이었다. 나는 지금 하버드에서 바둑을 배우고자 하는 학생들에게 바둑을 가르치고 있다.

바둑은 수학, 과학 분야의 공부에 큰 도움이 되기에 한인은 물론 타민족 학생들이 학업을 위해서도 바둑을 많이 배웠으면 하는 생각이 든다. 좀 더 나아가 정신 수양과 학업에 도움이 되는 바둑이 미국에서 대중적인 스포츠로 자리잡기를 기대하고 있다.

하버드 수영 팀의 전통 속으로

나는 수영 팀에 들어가고 나서야 John F. Kennedy 대통령이 자랑스러운 수영 팀의 선배들 중 한 사람이었다는 것을 알 수 있었다. 때는 2012년 10월 1일로 공식 수영 시즌이 시작되는 때이다. 그때까지 NCAA(미국대학체육협회)는 연습에 코치를 고용할 수 없도록 금지하고 있었다. 할 수 없이 9월 연습은 주장의 주도하에 이루어졌다. 이것은 한밤중의 연습 시즌을 축하하기 위한 오래된 전통으로 시즌 마감은 4월이며, 9월 31일과 10월 1일 사이의 밤에 첫 번째 공식 훈련이 실시된다.

하버드의 응원가를 부르며 케임브리지의 거리를 걸어 내려가는 10명의 신입 수영선수들은 찰스 강 위의 다리를 건너 블로젯 수영장으로 향했다. 지난달부터 30번 이상 지나간 길이지만 이번에는 뭔가 느낌이 달랐다. 이번에는 진짜 실전 같았다. 라커룸은 새 시즌에 대한 흥분과 기대로 가득했다.

　모두들 수영복으로 갈아입고 데크까지 행진하자 그곳에서 불도 켜져 있지 않은 수영장이 우리에게 인사를 건넸다. 물속에는 일종의 평화가 감돌고 긴장감과 기대감이 공기를 가득 채우고 있었다. 우리는 주장의 명령에 따라 조용히 자리에 앉아서 코치님을 기다렸다. 5분 남짓한 시간 동안 다들 병 속에 담긴 물만 몇 번씩 홀짝이며 조용히 기다리고 있었다.

　10월 1일 밤 12시 1분이 되자 팀 머피 코치님이 문을 박차고 수영장으로 들어오셨다. 케빈 코치님은 팀 코치님 옆에 서 있었다. 우리들 앞에 선 코치님은 2012~2013 시즌을 함께 할 신입생들을 살펴보셨다. 별다른 표현 없이 코치님의 일장 연설이 시작되었다. 코치님은 우리 대학이 작년에 프린스턴에 패배해서 준우승에 그쳤던 기억을 되새겨주기 시작했다.

　신입생 중 몇 명은 선배들의 가슴에 투혼의 불길이 타오르는 것을 확인할 수 있었다. 코치님은 "우린 지난 4년 동안 계속 준우승만 해 왔다. 이젠 프린스턴 놈들에게 지는 것도 지긋지긋하다."며 결단의 시간을 갖고 달라져야 할 때가 왔다고 목청을 높여 말했다.

　우리는 마음을 다잡고 뭔가를 만들어 내야 했다. 그렇게 하지 못한다면 또다시 패배의 쓴 잔을 마시게 될 것이다.

　코치님은 곧바로 팀의 일원이 된다는 것이 어떤 의미인지 다음과 같이 설명하셨다.

"지금 당장 너희들이 팀을 위해 최선을 다하고 있음을 보여라. 너희들 모두 목표와 사고방식을 분명히 하고 팀에게 주어진 임무에 충실히 하기 바란다. 앞으로 6개월 동안 너희들은 한 가지 목표를 향해 매진해야 한다. 팀 안에서 하나로 뭉쳐서 챔피언이 된 팀처럼 목표를 향해 최선을 다해야 한다."

코치님의 연설이 이어지는 동안 내가 이 팀의 일원이라는 것이 얼마나 기쁜 일인지를 실감했다. 하버드 남자 수영 팀의 일원이 된다는 것은 이미 내게 많은 의미가 되었다. 그것은 내 인생에 있어서 가장 큰 일이었다.

난 내 인생에 대한 그 어떤 것도 바꿀 생각이 없었다. 지금까지 모든 것들이 제대로 한 선택인 것처럼 보였다. 수영을 하기로 결정하고 이 학교를 선택한 것, 그리고 여기서 내가 했던 모든 일들이 다 잘한 것처럼 생각됐다.

코치님은 우리에게 동그랗게 모이라고 하셨다. 신입생과 2학년, 3학년, 그리고 4학년이 하나씩 동그란 원을 이루고 하나의 팀을 이뤘다. 신입생들은 서로 어깨를 맞대고 팔을 두른 채 서 있었다. 코치님께서는 서로의 눈을 바라보면서 특별한 유대감을 만들어 보라고 하셨다. 운명을 같이할 수 있는 그런 유대감이 클래스 안에 필요하다고 말씀하셨다.

나는 앞으로 4년 간 나와 함께 긴 여행을 해야 할 동료들의 눈을 바라보았다. 우리는 눈이 마주칠 때마다 고개를 끄덕였다. 그들이 느끼는 것을 나도 느끼고 그들이 알고 있는 것을 나도 알 수 있었다. 우리는 우리가 지금 만든 이 동그란 원이 수영장에서 펼쳐질 모든 시련을 함께하고 함께 나아갈 것을 암시하는 것임을 알았다.

그때 코치님이 소리쳤다.

"3학년은 4학년과 악수하고 상대의 눈을 뚫어지게 바라봐라. 내년에는 너희가 4학년이 되는 거다. 4학년은 내년에 너희들의 자리를 차지할 후배들을 바라봐라."

그리고 우리에게도 말씀하셨다.

"신입생들은 2학년과 악수하고 상대의 눈을 뚫어지게 바라봐라. 이들이 너희들의 리더다. 뒤를 따르되 그들을 능가하는 것을 두려워하지 마라."

"2학년은 이제 새로 들어온 너희 형제들을 봐라. 너희들은 신입생들을 너희 선배들이 이끌었던 것처럼 이끌어줘야 한다."

"3학년은 2학년과 악수해라. 너희들은 지난 1년 동안 2학년이 옳은 길로 가도록 이끌어 왔다. 올해도 그렇게 이끌어주길 바란다. 2학년은 3학년과 악수해라. 너희들의 지난 1년은 선배들이 있었기에 똑같은 실수를 범하지 않고 지나올 수 있었다. 신입생은 4학년과 악수해라. 이들이 너희들의 팀을 이끌 대장이다. 4학년에겐 예의를 갖춰라. 그들은 그런 대접을 받을 권리가 있다."

마지막으로 이렇게 말씀하셨다.

"4학년은 신입생들과 악수해라. 이 녀석들이 바로 우리 수영 팀의

새로운 역사를 써내려갈 놈들이다. 대학 수준까지 이 녀석들을 끌어 올려다오."

올해 팀에 남아 있는 4학년은 5명이었다. 처음에는 평소와 마찬가 지로 8명으로 시작했지만 다른 3명은 아침 6시에 일어나는 일에 싫 증을 느끼면서 그만두었다고 한다. 그들은 운동에 대한 흥미를 잃은 것이다. 5명의 4학년들은 자기들이 아직도 팀에 남아 있는 이유를 들 려주었다.

그렉 선배는 자기 선배들이 자신에게 주었던 영향의 절반이라도 후배에게 전할 수 있으면 행복할 것이라고 했다. 라이언 선배는 신 입부원으로 선발될 때 팀 코치님과 약속을 했다고 한다. 4년 동안 팀 을 위해 최선을 다하겠다고. 그는 자신의 약속을 지키고 싶어했다.

오웬 선배는 하버드 남자 수영 팀이야말로 자신의 인생에 있어서 가장 큰 존재이며 생의 가장 큰 의미이어서 도저히 중도에 그만둘 수가 없다고 말했다. 매트 선배는 팀에 들어오면서 정말 많은 것을 배웠고 이제는 그것들을 후배들에게 전수해주고 싶다고 했다.

마지막으로 마이클 선배는 운동 시합이 없는 자기 인생은 상상도 할 수 없다고 하면서 팀의 멤버가 되겠다고 했다. 그러고 나서 37명 의 하버드 남자 수영 팀 멤버들은 한데 모여 팀 코치님을 둥글게 에 워쌌다. 코치님은 우리에게 다른 것은 다 필요 없으니 눈빛을 직접 바라보며 서로에 대해 알아보라고 명령했다. 이메일이나 문자가 아 닌 남자 대 남자로서 서로의 눈을 바라보며 어려운 일들을 헤쳐 나

가라고 하셨다. 그런 다음 우리는 밀착해서 원을 만들고 팀 코치님의 "하나, 둘, 셋!" 하는 소리에 맞춰 "하버드!"라고 외쳤다. 라이트가 켜지고 우리는 수영장으로 뛰어들었다. 우리는 경주를 했다. 맨먼저 우리 신입생들이 릴레이 방식으로 한 번 완주를 했다. 팀 코치님이 말했다.

"신입생! 너희들은 팀에 새로 합류했다. 그리고 젊다. 하지만 절대누군가의 뒤에 숨어서 따라올 생각은 하지 마라. 너희는 리더가 될수 있다."

2학년은 두 번째 주자로 나서서 두 번 완주를 했다.

"2학년! 너희들은 작년에 뭔가를 보여주었다. 하지만 그게 너희들이 보여줄 수 있는 전부였다고 생각하진 마라. 너희들은 아직도 보여줄 게 더 많다."

세 번째 주자로 나선 3학년은 세 번 완주했다.

"3학년! 200야드 중 50야드, 이제 마지막 절반이 남았다. 너희들스스로 제자리를 찾고 경주에 임해야 할 때인 거다. 있는 힘껏 최선을 다해라."

마지막으로 4학년이 바통을 이어받아 네 번 완주했다.

"4학년! 올해가 마지막이다. 하지만 이걸로 끝이 아니다. 끝과는아직 거리가 멀다. 너희들은 지금까지 보여준 것보다 더 많은 재능을 갖고 있다. 지금까지 배운 것을 모두 펼쳐봐라. 그리고 후배들에게 그것이 무엇인지 보여주어라."

우리는 블로젯 수영장 밖으로 뛰어나갔다. 전통에 따라 목욕을 하며 깊게 숨을 들이쉬고는 "하버드!"라고 한 번 더 소리를 질러댔다.

전통을 계승하기 위한 37명의 청년들은 아침을 먹기 위해 새벽 2시에 아이홉(iHop)으로 향했다. 그렇게 하버드 대학 남자 수영 및 다이빙부의 2012~2013 시즌은 시작되었다.

아이비리그 챔피언십에서의 경험

나는 주장들에게 나 자신을 위한 것 외에 다른 이유로 수영을 해본 적은 없다고 말했다. 그런데 하버드 남자 수영 팀의 일원이 된 것은 내게 팀의 일부가 되는 것의 의미를 일깨워주었다. 40명의 멤버가 하나의 목표를 향해 달려가는 모습은 우리를 더욱 가까워지게 만들어주었고 같은 방향을 바라볼 수 있게 해주었다.

하버드에서 스포츠 경기 때마다 부르는 가장 유명한 노래인 '만 명의 하버드인(Ten Thousand Men of Harvard)'을 부르며 스타디움 주변을 행진하는 동안 우리는 하나가 되었다. 40명의 팀원들 모두 다른 길로 조깅을 하고 달리는 길이도 다르다. 노래하는 법도 다른 이들이 모여 같은 방향으로 함께 행진하면서 똑같은 목표를 향하고 있었다. 그리고 마음을 담은 노래를 불렀다.

드디어 아이비리그 챔피언십의 최종 점수가 전광판에 표시되었다. 우린 68점 차이로 지고 말았다. 나는 그렉 선배가 눈물을 터트리는 모습을 보다가 나도 거의 울 뻔했다. 그는 자리에 앉아 손바닥에 얼굴을 묻은 채 프린스턴 대학 팀이 축하하는 장면을 보고 있었다. 바로 그때, 우리 모두는 4학년이 느꼈던 그 감정을 느끼고 말았다. 비록 완전히 이해할 수는 없었지만 말이다. 4년 동안 지는 것이 어떤 것인지를 느꼈고 그렉 선배의 얼굴 위에 맺힌 눈물을 느꼈다. 그리고 오웬 선배의 눈에 서린 분노를 느꼈다. 그들은 4년 내내 경기에 지고 단 한 번도 아이비리그 챔피언십 타이틀을 차지하지 못한 것이다. 그들은 4년 내내 프린스턴의 뒤에 서 있었다. 하버드 수영팀의 선수로 살아온 기간 동안 내내 말이다.

우리는 서로의 어깨를 맞대어 팀 코치님 주위에 둥그렇게 원을 만들고 코치님의 말씀을 경청했다. 이번 주말에는 우리 모두가 하나의 팀이 되어 치열하게 싸워야 한다고 말씀하셨다. 우리가 이번 대회에서 우승할 거라고는 생각하지 않는다고 하셨다. 하지만 패배를 통해 한 걸음 더 앞으로 내딛게 된 것은 사실이었다.

코치님은 "조금은 속상하고, 거슬리더라도 그대로 두자. 그리고 다음 시즌에는 각자의 책임 분담을 잘하자. 저기, 저 68점이란 점수를 우리들 마음속에 새기자."라고 말씀하셨다.

코치님이 걸어나가신 다음 우린 옹기종기 모여 앉았다. 이건 우리 팀만이 누릴 수 있는 특권 중 하나라며 코치님은 정말 죽도록 우리를 사랑하신다고 오웬 선배가 말했다. 누군가 울기 시작했다. 이윽고 우리는 2013년 시즌의 마지막 출정 구호를 외쳤다. 구호는 "우, 아, 하버드가 나간다!"였다. 우리는 비록 패배했을지 모르지만, 엄밀히 말하자면 크림슨은 아직도 출정 중에 있었다.

푸에르토리코에 가서
전지훈련을 하다

한 달이 넘는 긴 겨울방학이 시작되었지만 내가 집에 머문 기간은 열흘밖에 안 되었다. 가족과 크리스마스를 보낸 나는 1월 1일에 학교로 돌아와서 팀에 합류했다. 그러고는 2일부터 훈련에 임했다. 집에서 더 머물고 싶은 마음이야 굴뚝같았지만 정말 흥미진진한 여행이 우리를 기다리고 있었다.

푸에르토리코는 대학 수영선수들이 겨울을 피해 다른 환경에서 훈련하기 위해 몰려드는 곳이다. 운동선수들은 겨울 방학 동안 북부 지역의 추운 곳에서 훈련을 계속하지 않고 더 따뜻한 곳을 찾아가서 훈련을 한다. 우리 하버드 남자 수영 팀은 푸에르토리코를 향해 오전 4시에 기숙사에서 출발했다.

버스를 타기 위해 수영장까지 걸어가는 동안 날씨는 거의 영하 12도에 가까웠고 얼굴과 손이 얼기 시작했다. 하지만 이제 따뜻한 곳

푸에르토리코의 잔잔한 해변으로 안내된다는 사실이 우리를 더욱 흥분되게 만들었다. 도착하자마자 알게 된 첫 번째 사실은 공기 중의 습도가 높고 어딜 가도 태양을 피할 수 없다는 것이었다. 케임브리지의 겨울은 태양의 존재를 의심케 하는 경우가 많았기에 푸에르토리코에서 지내는 동안 무척 즐거웠다.

날씨의 변화는 정말 드라마틱하다. 얼굴 위로 살랑대는 달콤한 열대의 미풍 속에서 훈련을 마친 우리 팀은 현지 학교의 버스를 타고 돌아오고 있었다. 돌아오는 동안 나는 운동선수란 어떤 존재인가에 대해서 생각했다.

다른 학생들이 방학 기간 동안 더 많은 시간을 집에서 보내는 사이에 우리 같은 운동선수들은 집과 가족이 주는 편안함에서 벗어나 더욱 나은 기량을 갖추기 위한 노력을 한다. 그래서 이렇게 가족과 떨어져 지내는 동안 우리끼리 또 다른 가족을 만드는 것이다. 또한 그렇게 해야 집에서 1천 마일 이상 떨어져 있더라도 집에 있는 것 같은 편안함을 느낄 수 있다. 실제로 내 가족이 있는 집으로부터 무척이나 멀리 떨어진 열대의 섬에서 한 주를 통째로 보냈지만 나는 가족과 떨어져 있다는 느낌을 전혀 느끼지 못했다.

또한 이것은 내가 미국에 도착한 이후, 그러니까 2005년 이후 처음으로 미국을 합법적으로 벗어난 여행이었다. 그러나 알고 보면 푸에르토리코는 미국령이기 때문에 미국을 벗어나는 것이 아니라 미국 내를 움직인 것에 불과했다. 다른 기회에 우리 수영 팀이 유럽 전지훈련을 갔지만 나는 비자 문제로 합류하지 못했다.

내가 갖고 있는 비자는 학생 비자지만 미국에서 발급받았기 때문에 미국을 벗어나면 해당 국가의 미국 대사관에서 새로 학생 비자를 발급 받아야 한다. 문제는 100퍼센트 발급된다는 보장이 없다는 것, 이런 씁쓸한 문제도 전지훈련 기간에는 시원하게 잊을 수 있었다.

하버드 수영 팀과 함께 푸에르토리코에서

하버드에서 1년,
진짜배기 학생이 되기 위해

지금 나는 세탁기 옆에 앉아서 이곳에서의 생활과 세상 돌아가는 일에 대해 생각하고 있다.

세상이 돌아가는 속도는 너무 빨라서 곳곳에 할 일도 많고 기회도 많지만 그걸 모두 다 할 수 있는 만큼의 시간은 주어지지 않는다. 캠퍼스를 거닐 때마다 내 옆을 스쳐 지나가는 사람들을 보며 무엇이 이들을 특별하게 만드는가 생각해본다. 여기에선 흥미를 끌지 않는 사람을 만나본 적이 없다. 뭔가 강한 인상을 주는 사람들뿐이다.

내가 만나는 사람들은 모두 어떤 면에서 특별하다. 이런 것들이 나로 하여금 항상 새로운 사람들을 만나게 만든다. 솔직히 내가 바라는 건 학교에서 6천 명 정도를 만나고 서로 친구가 되는 것이다.

여기선 정해진 일정에 따라서 생활해야 한다. 뭐 난 이미 집에 있을 때부터 이런 생활에 익숙하지만 말이다. 간단히 말해, 일어나서 운동을 하고 밥 먹고 수업에 들어갔다가 또 밥 먹고, 쉬고, 운동하고, 밥 먹고, 그러고 나면 하루가 다 간다. 하루 일과를 모두 마치고 나면 너무 피곤해서 눈꺼풀이 서로 만나는 걸 막을 길이 없다.

하지만 단순히 공부나 운동만 하는 학생이 아니라 좀 더 인간관계를 넓히고 그들에게 내가 뭔가 도움이 되고, 그들에게서 나도 뭔가를 얻을 수 있는 이 소중한 기회를 놓치고 싶지 않다. 하버드는 내게 공부만이 아닌, 인간을 가르치는 학교라는 것이 실감되고 있으니 말이다. 그런 진짜배기 학생이 되기 위해 오늘도 나는 틈이 날 때마다 부지런히 움직인다.

마이클 샌델 교수의
'정의' 과목을 듣다

한 학기 강의를 들었던 마이클 샌델 교수님께 내가 겪었던 이야기를 모두 들려드렸다.

나는 교수님의 도덕적 공동체주의 관점을 믿는다. 나의 가족과 내가 옳은 행동에 대해 고려한 것들이 지역 공동체 사회에 유익한지에 대해 논의하는 것을 나의 정체성에서 떼어낼 수가 없다.

'비부채적 자아(unencumbered self)'라는 것의 의미는 자신이 한 행동과 그 행동으로 인해 발생한 의무에 대해서만 전적으로 책임을 지는 것을 말한다. 나는 이것을 잘못된 이론이라고 보는데 그 이유는 우리의 정체성이란 것은 자신의 가족, 지역 사회 그리고 우리에게 영향을 준 모든 사람들에 의해 만들어진 것이기 때문이다.

이에 반해 '부채적 자아'라는 말은 한마디로, 그 누구도 유아독존

할 수는 없다는 것이다. 내가 이룩한 그 어느 것도 나 혼자서 해낸 것은 없다. 리오임이란 인간으로서의 나를 정의하려고 했을 때, 내게 영향을 준 모든 사람들 또한 그 일부를 차지해야만 한다. 그것은 내가 무엇을 하든 일주일에 6일이나 일하러 가시는 어머니, 그리고 나를 위한 아버지의 희생을 통해 부분적으로 정의된다.

다음은 마이클 샌델 교수에게 제출한 수업 에세이 전문이다.

마이클 샌델 교수에게 제출한
수업 에세이 전문

구속된 자아와 구성원의 의무

오늘날 한 국가의 시민은 그들의 국가가 과거에 저지른 부당 행위를 바로잡을 도덕적 책임이 있다. 칸트의 개인에 대한 관념에 기초하자면 우리는 '스스로 자유롭고 독립적인 존재이며 이전의 도덕적 가치에 제한을 받지 않고 스스로 선택할 수 있다.'고 한다.(332 샌델) 개인은 공동체의 의무로부터 스스로를 자유롭게 할 수 있으므로 스스로 동의하지 않은 그 무엇에 대해서도 도덕적인 책임을 지지 않는다. 자원주의자(自願主義者, Voluntarist)의 관점에서 볼 때, 시민은 그들 국가의 역사에 대한 도덕적 책임이 없는 것이다. 사실, 우리가 자원해서 지게 된 의무, 특히 동의에 의한 것이 아니라면 그 어떤 것에 대한 책임도 질 필요는 없다.

나는 칸트의 개인에 대한 관념에 반박하여 시민이 실제로 국가의 역사에 대한 도덕적 책임이 있음을 논하려 한다. 만약 자원주의자의 '자아'를 선택하는 관점이 거짓이라면 개인에게 도덕적 책임이 있음은 반드시 참이어야 하며 개인은 자신의 국가와 공동체, 그리고 가족을 분리해서 생각할 수 없게 된다. 그렇다면 개인은 동의가 없이도 의무를 지게 되며, 이를 이름하여 구성원의 의무라고 할 수 있다. 이 경우, 한 국가의 시민은 구성원으로서의 의무를 갖게 된다. 이것은 물려받은 것이며 선택할 수 있는 것이 아니다.

다음은 구성원에게 국가가 과거에 저지른 부당 행위를 바로잡아야 하는 의무는 있지만 그것이 시민이 가진 자발적인 의무가 아님을 논하겠다. 구성원의 의무는 개인 스스로를 국가의 소유물로 간주하는 사상에서 비롯된 것이다. 국가와 인류의 구성원으로서 시민은 국가가 과거에 저지른 부당 행위로 인해 고통 받고 있는 사람들에게 도움을 줄 의무가 있다. 이성적인 존재로서 인간은 본인의 동의와는 관계없이 국가가 다른 사람들에게 저지른 잘못을 바로잡아야 하는 당연한 의무가 있다.

칸트의 개인에 대한 관념에 반박하는 논거는 다음과 같다. (1)개인의 의무는 자신의 선택을 통해서만 발생한다. (2)선택은 개인이 '스스로'의 훈련을 통해 만들어낸 결심이다. 배의 선장이 되기로 결심한 사람이 있다면 선원 모두를 위해 스스로를 희생하고 배를 올바른 방향으로 인도할 의무가 있다. 다음으로, (3)개인의 '자아'는 자신의 신분에 대한 사실을 통해 결정되어야 한다. 이 경우 '자아'는 개인이 지닌 의지 또는 욕망을 말한다. 선장이 되겠다는 선원의 결심이 그를 그렇게 만들었을 수도 있다. 배를 조종해보겠다는 그의 욕망이 다른 사람들을 앞섰고, 이러한 욕망은 그의 성격이나 리더가 되고자 하는 성향에서 비롯된 것이기 때문이다. 위에 언급한 의지주의자들의 세 가지 전제 조건을 통해 도출된 결론은 (4)의무는 신분에 따라 달라진다. 그 결과, 배에 대한 선원의 자발적 의무는 자신의 성격이나 신분에 따라 달라지는 것이다. 그의 성격이 그룹의 리더가 되는 것에 지속적인 의지를 보인다면 그는 선장이 되는 길을 선택한 것이고, 결과적으로 그는 리더의 의무를 지게 된다. 만약 그의 성격이 리더가 되기에 적합하지 않았다면 선장이 되는 길을 선택하지 않았을 것이고, 이러한 의무도 지지 않게 되었을 것이다. 이와 함께 (5)신분은 선택되는 것이 아니라 공동체를 통해 정해진다는 것도 사실이다. 개인은 자신의 선호하는 성격을 선택할 수 없다. 선장이 되고 싶은 선원은 무리를 이끄는 것을 싫어하는 성격을 선택할 수 없다. 솔직하게 말하자면, 아이스크림을 좋아해서 선택한 것이 아니고 아이스크림을 선호하는 사람이라면, 그 사람은 어쨌든 이러한 선호성(選好性)를 물려받은 것이다.

앞에서 전제한 (4)와 (5)에 의해 우리는 (6)의무는 선택하는 것이 아니라는 결론에 도달할 수 있다. 만약 신분에 의해 의무가 정해지고 신분은 선택하는 것이 아니라면 의무는 선택하는 것이 아니다.

우리는 위에서 언급한 논거를 통해 칸트의 개인에 대한 관념에 모순이 존재함을 관찰할 수 있다. 전제로 한 (1) 및 (6)은 서로에게 상반되는 것이다. 전제 (1)은 개인의 의무가 선택된 것이라고 주장하는 반면, 전제 (6)은 의무가 선택된 것이 아니라고 주장하기 때문이다.

이 두 가지 전제 중 오직 하나만이 참이 될 수 있을 것이다. 이러한 모순을 제거하려면 전제 (1)을 잘못된 것으로 간주해야 한다. 왜냐하면 전제 (1)이 전제 (6)을 도출하기 때문이다. 전제 (1)이 거짓이라면 전제 (1)의 반대는 참이라는 뜻이 된다. 이런 이유로, 개인의 의무는 개인의 선택에 의해 독단적으로 선택되는 것이 아니며 개인에게도 과거로부터 주어진 일부 의무가 주어진다.

이제 우리는 두 가지 유형의 의무를 정의하고 구분해야 한다. 그럼 동의에 의해 발생하기 때문에 특별하다고 말하는 자발적인 의무부터 정의해보자. 칸트의 논거에 의하면 구속되지 않은 '자아'는 자신의 약속만이 의무를 만들기 때문에 자발적인 의무만 가질 수 있다. 예를 들어, 고용인은 자신의 노동력과 급료를 교환하기로 계약이라는 형태의 동의를 했기 때문에 고용주에게 노동력을 제공하는 자발적인 의무가 있다. 하지만 한 국가의 시민의 경우 자신이 스스로 동의한 적이 없기 때문에 국가의 과거 잘못을 바로잡는 자발적 의무가 없다. 국가의 잘못을 바로잡는 데 있어서 시민의 계약은 필요치 않다. 자발적인 의무는 동의에 의해서만 발생하며, 동의가 없었기 때문에 자발적 의무일 수가 없다.

다음으로, 동의에 의해 발생하여 특별하다고 말하는 구성원의 의무에 대해 정의해보자. 이것은 로버트 E 리 장군의 정의라는 문구를 통해 예를 들 수 있겠다. 북군의 장군이었던 그는 분리 독립에 반대하고 북부를 방어한다는 동의에 의한 자발적인 의무를 지고 병사들을 이끌었다.

하지만 그는 결국 남부를 위해 전투에 임하게 된다. 그는 다음과 같은 말을 했다. "내 친척들과 내 아이들, 그리고 나의 가정에 반하는 쪽의 손을 들어주는 것으로 마음을 정할 수가 없었다."(샌델 333). 구성원 중 한 명이자 연대의 책임자였던 그에게 있어서 버지니아에 대한 더 큰 의무는 자발적 의무에 무게를 두고 남군의 장군이 되는 것이었다.

이러한 예 또한 구속된 '자아'의 개념을 보강하고 '자아'의 선택에 반하는 논리를 편다. 자발적 자아를 리 장군의 딜레마에 적용하면 그는 자신의 국가나 가족을 지키는 것에 대해 고려할 필요조차 없었다. 그가 의무를 지기로 동의한 것은 오직 북군을 위해 싸우는 것이었기 때문이다. 하지만 리 장군은 자신이 선택하지 않았던 의무를 지기로 했다. 이러한 의무들은 그를 구속받지 않는 존재로 만든다. 그를 둘러싼 자신의 친척, 자녀 그리고 가정에 대한 의무를 저버릴 수 없었기 때문이다. 그 중 몇 가지는 그가 선택했던 것이지만 몇 가지는 동의 없이 선택했던 것이다.

이번에는 구속된 '자아'와 의무의 개념을 중요 질문까지 확대해보도록 하겠다. 시민은 국가의 부당 행위를 바로잡을 자발적 의무가 없다. 이러한 관점에서 볼 때, 독일 시민은 홀로코스트를 바로잡는 일에 동의하지 않는다. 독일 시민은 독일이 과거에 저지른 부당 행위를 설명하기 위해 자발적인 의무를 지지 않는다. 이와 같은 맥락에서 일본 시민도 1930년대에 저질렀던 '위안부' 문제에 대해 한국에 사과하는 자발적 의무를 지지 않는다. 그리고 미국 시민도 수용소에 감금되어 있었던 일본계 미국인 생존자나 노예로 부렸던 아프리카계 미국인에게 사과할 자발적 의무를 지지 않는다. 그렇다면, 국가가 저지른 부당 행위를 바로잡을 도덕적 책임이 있는 시민에게 책임을 지울 수 있는 다른 형태의 의무가 반드시 필요하게 된다.

구성원의 의무란 한 국가의 시민이 국가가 과거에 저지른 부당 행위를 바로잡으려는 도덕적인 책임을 갖는 것을 말한다. 이러한 의무는 동의를 얻어 발생하는 것이 아니며, 한 존재가 다른 존재와의 연대감을 느끼는 상태에서 발생하는 특별한 것이다. 예를 들어, 고통받고 있는 인간의 고통을 바라보는 인간은 고통을 받는 인간을 향한 동정심이나 연민의 감정을 느끼지 않을 수 없다. 이 두 사람은 인류의 개념으로 서로 연결되어 있기 때문이다. 이러한 감정은 '당연한 의무'에 대한 증거이다. 이러한 의무는 누구나 공통적으로 지닌 것이며 자발적인 동의에 의해 발생한 것이 아니다. 당연한 의무는 자신이 속한 공동체나 역사를 완전히 분리해서 생각할 수 없다는 사실에 기초하여 발생한다. 소속 공동체나 역사는 의무를 지닌 사람을 정의하는 구성 요소이기 때문이다. 인간은 불가피하게 서로 연결될 수밖에 없으며, 이에 따라 특정한 의무가 발생하거나 이러한 연계를 통해 의무가 발생한다. 그러한 결과로, 국가가 저지른 부당 행위로 인해 고통 받는 사람이 있으면 해당 국가의 시민은 동정심과 함께 고통을 받은 당사자들에게 사과하고 보상하려는 인간으로서 가져야 하는 당연한 의무를 지게 된다.

이런 당연한 의무가 존재하지 않는다면 시민은 자신의 공동체에 속한 누군가가 잘못을 저지른다 해도 이러한 부당 행위를 바로잡는 의무를 갖지 않는다. 부당 행위가 불법적이지 않고 국가는 이러한 상황이 벌어진 사실을 인지하지 못하는 경우로 가정한다면, 해당 국가의 시민은 이렇게 부당 행위를 바로잡기 위한 자발적인 의무를 갖지 않는다. 시민은 법에 저촉되지 않는 행위에 대한 법적인 책임이 없으며 도덕적인 책임도 없다. 구성원의 당연한 의무 및 의무의 부족은 시민의 책임감을 유지하려는 자발적 의무만 남게 되지만, 이 경우, 국민은 자발적 의무를 갖지 않는다.

결론적으로, 모든 인류는 인간이라는 개념으로 모두 연결된 동료 인간에 대해 잘못된 행동을 바로잡으려는 당연한 의무를 지닌다. 모든 인류가 당연한 의무를 지닌다는 것은 사실이지만 모든 인류가 동일한 의무를 지니는 것은 아니다. 자신이 속한 국가가 저지른 부당 행위에 따라 해당 국가에 속한 시민에게 지워지는 의무의 강도는 더 강해지는 것이 사실이다. 구성원이라는 느낌은 시민에게 더 강하게 작용하기 때문에 부당 행위를 바로잡으려는 구성원의 의무는 더욱 커진다. 그러므로 과거에 저지른 부당 행위조차도 현대를 살아가는 시민에게 도덕적 책임이 있으며 국가에 의해 저질러진 과거의 잘못을 바로잡아야 하는 의무가 부여된다.

망측한(?) 전통,
프라이멀 스크림

하버드의 세 가지 주요 전통 중 하나에 참여하는 것을 나와 내 친구
는 거부할 수 없었다.

프라이멀 스크림은 내가 셀 수 있는 것보다 훨씬 더 오래전부터
신입생들이 치러온 행사이다. 이 전통은 오래된 것은 맞지만 그냥
단순히 미친 짓에 불과하다.

매년 시험 기간이 시작되기 전 한밤중에 안뜰 구석에 신입생들이
모두 모여 벌거벗은 채로 한 바퀴를 돈다. 이 전통에 대해서는 내가
하버드에 입학하기 전부터 알고 있을 정도로 누구나 알고 있는 이야
기이다. 구글에서 '하버드'를 검색해보면 금세 이 세 가지 전통을 알
아낼 수 있다. 하지만 이 밤이 되기 전까지는 그게 진짜로 벌어지는
일이라고는 생각하지 못했다.

그런데 정말 사실이었다. 내 친구와 나는 어느 날, 그 밤이 프라이

멀 스크림의 밤임을 알고 있었다. 독서 기간이 끝나고 시험 기간이 시작되는 날 밤에 벌어지는 행사라는 것 등의 이야기를 나눈 적이 있지만 도대체 왜 신입생들이 한밤중에 안뜰에 일렬로 모여 서서 그런 정신 나간 짓을 하는지 궁금했다.

하지만 그날 밤 우리는 밖에서 무슨 일이 벌어지는지 의식하지 못한 채 라이언의 방에서 비디오 게임을 하고 있었다. 그러다 문을 크게 두드리는 소리를 들었다. 라이언의 이웃 중 한 명이 속옷만 입고 나타나서는 물었다.

"이봐, 너희들은 프라이멀 스크림 안 하냐?"

처음에는 그냥 웃고 말았지만 안뜰에서 무슨 일이 벌어지는지 궁금해 나도 달려나갔다. 놀랍게도 밤 11시 55분의 안뜰 구석에는 신입생들이 홀딱 벗은 채로 떼를 이루고 있었다. 우리가 직접 눈으로 보고 있는 것을 믿는 데는 긴 시간이 걸리지 않았지만, 이 행사를 피해갈 방법은 없어 보였다.

우리는 재빨리 입고 있던 사각 팬티를 벗고 안뜰로 뛰어나가 무리에 뒤섞였다. 시계가 12시를 가리키자 총소리가 들리면서 벌거벗은 하버드 신입생 무리들이 어디론가 내달리기 시작했다.

하버드 남자 수영 팀은
재능을 기부한다

우리 팀은 하버드 수영 교실을 열어 지역 공동체로부터 받은 사랑을 되돌려주는 재능 기부 행사를 열었다. 매주 토요일 오전 훈련 종료 후 각각 수영을 배우고 싶어하는 아이들이나 어른들로 구성된 그룹을 맡아서 수영을 가르친다. 모두 이 일을 즐기면서 열심히 했다.

지역 공동체에 재능을 기부하는 것도 하버드 남자 수영 팀의 수많은 전통과 원칙 중 하나이다. 가을의 문턱에서 겨울이 끝날 때까지 매주 토요일이면 팀원 전원(여자 수영 팀 포함) 중 지원자들이 모여 케임브리지 주변에 사는 주민들에게 수영을 가르친다. 우리는 이 행사를 '하버드 수영 교실'이라고 부른다.

수영 교실에 참가하는 학생은 5살부터 70살까지의 수영 초보부터 선수까지 다양하다. 오전 6시부터 시작하는 대학 수영 팀에서의 고된 토요일 훈련 후, 별도로 남아서 수영 지도를 한다는 것이 확실히 힘들긴 하지만 수영을 배우는 일에 흥분해서 얼굴에 웃음이 떠나지 않는 아이들을 보면 그런 기분도 잠시일 뿐이다. 가장 보람을 느꼈던 때는 물을 무서워하던 5살짜리 꼬마 아이가 수영장을 왕복하는 것을 봤을 때였다.

이것으로 행사가 끝나는 것이 아니다. 우리는 매년 아메리카 횡단 수영(Swim Across America) 기금 마련 행사를 개최한다. 올해는 단 2시간 만에 4천 달러 이상을 모았다. 아메리카 횡단 수영은 암 연구와 인식을 위해 애쓰는 비영리 단체이다.

봉사활동의 한 장면

하버드의 기부금과
재정적 지원에 대하여

하버드는 부유한 것만큼이나 학비가 비싼 학교로 유명하다. 수업료, 기숙사 등 비싸지 않은 것이 없다.

하버드에 다니려면 연간 6만5달러가 필요하다. 하지만 다행스럽게도 나는 재정적 지원과 다른 장학금을 통해 학비를 전혀 부담할 필요가 없다. 이런 재정적 지원을 받고 졸업한 학생은 일반적으로 졸업 후 그 비용을 모두 되돌려주게 된다. 학교의 지원을 받아 공부를 했던 학생이더라도 성공한 친구는 기부를 통해 그것을 되돌려주는 것이다. 하버드가 부유한 학교가 된 데에는 이런 제도가 있기 때문이 아닐까 생각한다.

가난한 학생이라도 공부를 하고 싶다면 하버드에 문의해보기만 해도 된다. 한국에도 이런 제도가 생겨나길 희망해본다.

균형과
시간 관리의 필요성

대학생활은 보통 학업, 스포츠 활동, 그리고 친구관계 등 몇 가지 중요한 것들로 구성된다. 그리고 이런 것들을 적절히 조화롭게 유지해 가야 하는 것이 내 의무다. 이것은 결국 공부와 수영도 열심히 하면서 내게 주어진 제한된 시간 동안 캠퍼스 생활도 즐겨야 한다는 뜻이 된다. 마치 확인 목록에 있는 세 가지 일을 확인만 하면 되는 것처럼 쉬워 보이겠지만 시험기간이나 수영대회 같은 것들이 있으면 그렇게 쉽게 관리할 수 있는 문제가 아니다.

우리는 우리가 해야 할 일 중에 시간이 부족하면 결국 무언가를 위해 다른 하나를 포기하곤 한다. 많은 학생들이 학교 성적에만 모든 것을 걸고 도서관에 자리를 잡은 채로 학교생활의 대부분을 보내는 경우가 많다. 이런 학생들은 훌륭한 성적을 받는 대신에 자신들의 취미를 포기하고 친구 사귀기도 포기하며 대학에서 누릴 수 있는

'공동체'의 모든 이점도 포기하거나 전혀 누리지 못하게 된다.

여기서 성공이란 성적표에 얼마나 많은 A를 기록하느냐로 정의되는 것이 아니라 그보다 더 많은 것들이 복합적으로 어울려 정의된다고 본다. 학업성적표(GPA)만큼이나 그 사람의 성공에 기여하는 요인들은 자신의 삶에서 멘토나 힘이 되어줄 인맥, 탐구와 하고자 하는 열정, 그리고 과외활동에서 보이는 뛰어남과 헌신적인 모습이라고 생각한다. 학생들이 인맥관리나 과외활동 때문에 학업을 소홀히 해서도 안 될 뿐만 아니라 학업 때문에 그 외의 것을 소홀히 해서도 안된다는 뜻이다. 성공을 향한 열정을 가진 인간이라면 누구나 학업에 중점을 두는 것뿐만 아니라 취미와 사회적 관계를 지속하는 것도 중요하다고 본다. 내 전략은 저글링을 하듯 학교와 운동, 그리고 친구와의 균형을 유지하는 것이다. 대학의 수영 대표 팀에서 활동하려면 정말 많은 시간을 할애해야 한다. 팀 훈련만 해도 매주 20시간을 넘고 대회라도 참가한다면 그 시간은 훨씬 더 많이 필요하게 된다. 수영에 투자하는 시간이 점점 길어지면서 앞서 설명한 학업에 투자하는 시간과 사회생활을 하는 시간이 많이 줄어든다. 그러다 보니 충분히 잠을 자는 시간도 모자라게 된다.

대학생활 내내 이 모든 것들의 균형을 유지할 수 있는 한 가지 방법은 적절한 시간 관리뿐이다.

우리에게는 하루 24시간이라는 제한된 시간이 주어진다. 불필요한 일들까지 하면서 낭비하기에는 너무 짧은 시간인 것이다. 나는 매일 효과적인 스케줄과 함께 항상 시간을 쪼개어 쓰는 습관을 들여 24시간을 최대한 활용하려고 노력하고 있다.

우수한 성적을 거두기 위해 무엇을 해야 하는지는 모두들 알고 있지만, 이를 실제로 행동으로 옮기는 사람은 드물다. 운동선수에게는 시합이나 집중훈련 때문에 학업에 전념할 수 없는 시기가 반드시 찾아오기 마련이다. 하지만 이러한 시기라고 해서 학사 일정이 멈추지는 않는다. 따라서 운동선수들은 학업 성적이 점차 처지기 마련이며, 자신도 모르는 사이에 전체 평점에 상당한 영향을 받게 된다. 나는 이러한 시기에는 주어진 모든 일을 만족스럽게 해내는 것이 육체적으로 불가능하다는 것을 경험을 통해 알게 되었다. 즉 운동선수는 시합이나 학업 성적 중에서 한쪽을 어느 정도는 희생해야만 한다.

봄 학기에, 아주 중요한 수영시합을 앞두고 야간 시험을 치러야 했던 때가 있었다.

시험을 다 봤다 하더라도 규정상 수업이 끝날 때까지는 먼저 나갈 수가 없었다. 큰 시합이 있는 바로 전날 저녁 7시에 학교로 돌아온 300명의 학생들과 함께 3시간짜리 시험을 치러야 했다. 나는 브라운 대학 근처의 호텔에 묵고 있었다. 다른 학생들과 마찬가지로 시험공부는 며칠 전부터 해야 했고, 그런대로 성적이 괜찮게 나와서 시합을 준비하면서도 시험 스트레스를 많이 받지는 않았다. 힘든 시기이기는 했지만 학업이나 시합 모두를 잘 치러낼 수 있었다.

언어학 수업 에피소드

두 가지 언어를 사용하는 이민자인 나는 언어에 대한 관심을 항상 갖고 있었다. 대학에서 맞는 첫 번째 학기의 수강 신청을 하면서 나는 언어 관련 수업을 우연히 접하게 되었다. 수업의 명칭은 '언어학 82: 언어, 구조 및 인지'였다.

수업 과정에 대한 설명에는 세계의 언어 간 공통점과 다른 점을 탐구하고 언어 발달을 통한 인간의 능력에 대해 연구하며, 심지어는 언어의 상호 관계 및 인간의 뇌에 대해서도 다룬다고 되어 있었다. 그리고 내 학사 일정에도 적당했다. 수업은 설명 내용만큼이나 하나하나가 모두 멋졌다.

강의 시작 후 몇 주가 지나자 강의 시간에 한국어를 다루게 되었다. 우리를 지도하신 지앙 박사님은 한국어와 한국어가 지닌 고유한 언어의 분철에 대해 반드시 짚고 넘어가고 싶어하셨다. 지앙 박사님은 우리에게 한국어가 다른 언어와 확실하게 구별되는 특성이 무엇인지 적어보라고 하셨다. 그러더니 갑자기 "리오, 우리 학생들을 위해 발음을 한번 해주지 않겠어? 자넨 모국어가 한국어잖아, 맞지?" 하셨다. 50명이나 되는 학생이 수강을 하는 수업에서 직접 지목을 받은 건 이번이 처음이었다.

교수님은 나를 당황하게 만들었다. 나는 잠깐 정신을 가다듬고 최선을 다해 한국어를 말했다. 내가 한국인이라는 사실을 교수님이 어떻게 알게 되었는지는 모르지만 약간 낯선 기분과 함께 전 세계에서 모여든 학생들에게 둘러싸인 하버드의 교실에서 모국어를 선보이고 있다는 사실이 어쨌든 자랑스러웠다.

아무튼 내게 있어 2개 언어를 구사한다는 것은 그리 어려운 일은 아니었다. 어떤 학생들은 이 수업을 무척이나 어려워했지만 내게는 개념들이 머리에 쏙쏙 들어올 만큼 재미있고도 수월했다.

내게 있어 2개 언어를 구사한다는 것은 아주 큰 장점이라고 할 수 있다. 여러 언어를 구사하는 사람은 하나의 관념을 하나의 단어로 이해하기보다는 그 단어가 관념을 설명하는 다양한 방법 중 하나일 뿐이라고 생각한다. 또한 여러 언어를 구사하는 사람은 언어에 대한 감각도 더 뛰어난 것 같다. 언어를 서로 비교하고 대조하는 능력은 2개 언어 이상을 구사하는 사람만이 가질 수 있는 능력이라고 본다. 다시 말해 그 수업을 들은 것은 정말 잘한 일이었고, 중간시험에서 완벽한 점수(100%)를 받을 수 있었다.

아동 발달 세미나 과제를 통해

"자신의 어린 시절에 대해 말할 수 있는 미술 작품을 찾으세요. 예술은 특별한 행사나 기억에 다른 인상을 심어줄 수 있습니다."

미술 작품이 어떻게 내가 어린 시절에 겪었던 경험에 다른 인상을 심어줄 수 있을까?

'인판테 퍼디낸드 추기경의 여행'이란 그림은 내가 미국에 이민 올 당시를 떠올리게 한다. 강한 바람이 추기경의 배를 감싸고 있고 어지럽게 흩어진 배들은 전혀 몰랐던 세상과의 조우를 통해 생긴 혼돈과 불편함을 반영하고 있다. 또 그의 부하들이 낯선 땅의 항구에 억지로 정박하는 모습은 내가 살고 있는 곳에서 아무런 힘도 발휘할 수 없었던 내가 느낀 감정과 아주 유사하다. 난 결정할 수 없었다. 그저 부모님의 결정에 따라 낯설기만 한 이국땅에 정착해야 했다.

하지만 이 그림은 내 어린 시절의 여행에 대해 다른 인상을 심어줄 수 있었다. 난 내가 살고 있는 곳과 내가 처한 환경에 아주 만족하고 있는 모습을 이 그림의 나머지 부분에서 찾을 수 있었다.

추기경의 부하들이 북풍에 맞서 싸우고 있을 때 폭풍을 잠재우는 바다의 신 넵튠(포세이돈)의 모습이 보인다. 이것은 가족이 내게 용기를 주는 것으로 해석할 수 있었고 심지어는 말도 통하지 않는 나라로 이민을 가게 된 급진적 결정은 넵튠이 길이 끝날 때까지 도왔던 것과 같은 힘이라고 할 수 있었다.

우리가 필요로 할 때 우리를 도와주는 사람들이 있었고 우리에게 의문이 생기면 그 답을 얼마든지 구할 수 있었다. 마침내는 얽혔던 실이 하나둘 풀리는 것을 실감하고, 나는 무언가 알 수 없는 외부의 힘이 우리를 도와준 것이라 믿었다.

이 아동발달세미나는 하버드 의대 정신과 여의사가 강의를 했다. 그녀의 전문분야는 주로 아동의 희귀 뇌질환과 정신병이었다. 자연스럽게 우리는 아이들이 자라면서 겪는 나쁜 영향과 그것이 아이들의 앞으로의 삶에 어떤 영향을 끼치는지 배우게 되었다.

인간의 본성과 양육(nature vs nurture)이라는 주제를 다루게 되었을 때, 우리는 인간의 기질과 인간의 특성, 생물학적 특징을 지닌 채 태어나는지에 대해 토론했다. 수업 중 갑자기 이 주제와 관련해 한국인들이 즐겨 분류하는 4가지 기질(소음인, 소양인, 태음인, 태양인)이 생각났다. 교수님은 이러한 관념에 대단한 관심을 보였고, 내가 수업에 열심히 참가해줘서 고맙다는 말도 잊지 않았다.

기숙사 이삿날,
하우징 데이

하우징 데이에는 이제 겨우 하버드 학생이 된 신입생들이 캠퍼스 내에 있는 기숙사를 무작위로 배정받게 된다. 신입생만을 위한 기숙사는 애플레이, 카나데이, 그레이스, 그리너프, 홀리스, 홀워디, 헐버트, 리오넬, 매사추세츠, 매튜, 모워, 페니패커, 스토턴, 슈트라우스, 사이어, 웰드, 위글즈워스 이렇게 모두 17개의 돔인데 크기나 건축 양식, 위치, 방의 구조 등이 제각각 독특함을 갖고 있다.

나는 슈트라우스 홀을 배정받았다. 18세기 초에서 19세기 초의 영국식 조지언 건축 양식을 사용하여 빨간 벽돌로 지었으며 하버드 캠퍼스의 한쪽 구석에 있는 건물이다. 학생 4명이 생활하는 각 구역마다 휴게실과 욕실 그리고 방 2개를 갖추고 있으며 방마다 침대 2개와 각각의 책상이 있다.

매년 3월이면 신입생들은 8명씩 블록 그룹을 이뤄 하버드에서의 학교생활을 시작하게 된다. 따라서 학교에 입학한 신입생은 스스로 1년 동안 함께 생활할 룸메이트를 구해야 한다. 함께 생활하면서 둘도 없는 가까운 사이가 된 룸메이트들은 다음 학기가 되면 곧 캠퍼스 안에 있는 12개의 기숙사 중 하나에 배정된다. 신입생 기숙사처럼 애덤스, 카봇, 큐리어, 던스터, 엘리옷, 커클랜드, 레버렛, 로웰, 매더, 포르츠하임, 퀸시, 윈스롭이라는 이름의 기숙사 12곳은 색다른 개성으로 무장하여 각각 다른 기숙사와 구별되는 특별함을 보여주고 있다. 내 그룹에 속한 친구들을 한번 소개해본다.

스티븐 케칵스는 사우스캐롤라이나 출신으로 장거리 자유형 선수이며 신경 생물학을 전공한다. 라이언 포틴은 매사추세츠 출신으로 평영 및 개인 혼영 선수이며 통계학을 전공한다. 댄 류는 뉴저지 출신으로 한국계 미국인이기도 하며 경제학을 전공한다. 크리스티안 이거는 뉴욕 출신으로 배영 및 개인 혼영 선수이며 응용 수학을 전공하고, 로버트 돌은 조지아 출신으로 개인 혼영 선수이며 경제학을 전공한다. 던컨 오브라이언은 매사추세츠 출신으로 펜싱 팀에 소속되어 있으며 경제학을 전공한다. 크리스 브루노는 뉴저지 출신으로 럭비 팀에 소속되어 있으며 응용 수학을 전공한다. 그리고 난 뉴저지 출신이며 버터플라이와 개인 혼영 선수로 경제학을 전공한다.

하우징 데이인 3월 14일 아침 8시면 하버드 캠퍼스로 하우스 플래카드를 들고 있는 선배들이 옹기종기 모여든다. 이들의 임무는 기숙사 배정 결과가 적힌 편지를 신입생 블록 그룹에 전해주는 것이다.

우리의 배정 결과가 적힌 편지는 카나데이에 있는 던컨의 방으로 전해지게 되어 있었기 때문에 블록 그룹 전체가 8시 30분도 되기 전에 그의 방에 모여 있었다. 우린 앞으로 3년 동안 살게 될 기숙사가 어디인지 궁금해서 흥분 상태였다.

시계가 8시 30분을 가리키자 선배들 한 무리가 카나데이에 있는 우리의 기숙사 방향으로 몰려왔다. 우리는 창문 밖을 훔쳐보며 하우스 플래카드를 들고 있는 무리가 '큐리어'라고 말한 걸 확인했다. 선배들은 우리 기숙사를 향해 점점 더 가까이 다가오고 있었다. 큐리어는 기숙사 중에서도 가장 생활하기 불편한 곳 중 하나로 알려진 곳이다. 우린 괴로움에 몸을 움츠리며 큐리어에서 나온 선배들이 우리의 문을 두드리고 소식을 전해주지 않았으면 좋겠다고 하느님께 빌었다. 던컨의 방 1.5미터 앞까지 다가온 선배들은 갑자기 방향을 틀어 다른 누군가의 방문을 두드렸다. 그 즉시 우리는 환호성을 질렀다. 우리가 가고 싶지 않았던 큐리어 하우스에서 확실하게 탈출한 것이다.

잠시 후 우리는 창 밖으로 지나가는 또 다른 무리의 선배들을 발견했다. 머리부터 발끝까지 파란색으로 치장한 그들은 로웰 하우스 플래카드를 높이 쳐들고 우리 방 쪽으로 다가오고 있었다. 좋은 위치와 적절한 방 구조를 갖춘 로웰은 살기 좋은 기숙사 중 하나라고 생각했다. 우린 아까보다 더 환호하면서 "로웰! 로웰!"을 외쳤다. 그러곤 문 밖에서 울리는 노크 소리를 들었다.

던컨이 문을 열자 로웰 하우스에서 온 선배들의 파란색 셔츠와 신입생을 환영하는 편지가 방 안으로 쏟아져 들어왔다. 방 안에 있는 우리는 모두 초흥분 상태가 되어서 다른 그룹의 아이들(던컨의 룸메이트와 그의 블록 그룹 친구들이 우리와 같은 방에서 방 배정을 기다리고 있었다)과 이 기쁨을 함께 했다. 방 배정의 기쁨으로 인한 흥분이 모두 절정에 다다를 때쯤에서야 우리는 어떤 블록 그룹이 로웰에 배정된 것인지 물었다.

아쉽지만 로웰의 배정 결과 편지는 다른 블록 그룹에게 온 것이었다. 그래서 방 배정을 받은 그 녀석들은 계속해서 자신들이 얻게 된 행운을 축하했고 우리는 구석에 조용히 서서 풀이 죽은 채 다시 우리를 찾아올 운명을 기다리고 있었다.

로웰 하우스 선배들이 떠나고 문이 거의 다 닫힐 때쯤 밝은 빨간색의 옷을 입은 선배 하나가 문을 박차고 들어왔다. 방 한가운데로 돌진한 선배는 "매더!"라고 소리쳤다. 매더 하우스의 선배가 우리 방으로 들어왔다는 사실에 우리는 무척 흥분했다. 그 선배도 우리와 하나가 되었다. 선배는 우리에게 방 배정 결과 편지를 건넸다. 우리는 빨간색 선글라스와 헤드밴드를 건네받으면서 편지에 '매더'라고 쓰여 있는 내용을 돌려 읽었다.

우리는 그날 밤 매더에서 열리는 첫 번째 파티에 초대되었다. 우리는 "누가 매더 하우스로 갔나! 누가 매더 하우스로 갔나!"를 자랑스럽게 외치면서 선배들을 따라 안뜰로 나왔다.

하버드에서 친구들과 함께

　학교가 갑자기 호그와트로 변해버린 느낌이었다. 우린 아넨버그로 가서 아침을 먹기 위해 매더 선배들로 가득 찬 테이블에 앉았다. 잘은 모르겠지만 〈해리 포터〉에서 해리와 학급 친구들이 모두 기숙사를 할당 받던 장면이 떠올랐다. 비록 우리는 용기와 유산에 대한 시험을 치르지 않고 마법의 분류 모자가 방을 배정해주지도 않았지만 내가 매더 하우스의 일원이 되었다는 것이 해리가 그리핀도르로 간 것만큼이나 흥분되었다.

우리가 매더 하우스로 배정된 것에 이렇게 흥분했던 것은 매더 하우스가 엄청난 혜택을 제공하며 그 무엇과도 바꿀 수 없는 역사를 지니고 있었기 때문이었다.

1970년에 지어진 매더 하우스는 하버드의 초대 학장이었던 인크리스 매더의 이름을 딴 것이었다. 매더 하우스는 이곳 하우스만의 고유한 기백, 장대한 사교 행사, 친절한 커뮤니티 등으로 유명한 기숙사이다. 가장 좋은 곳에 위치하지는 않았지만 집 안의 구조는 최고라고 보증할 수 있다.

매더 하우스는 또한 캠퍼스 안에서 가장 넓은 휴게실을 갖춘 독방을 기숙사생 전원에게 제공한다. 식당에서 바라보는 찰스 강의 아름다운 광경까지 더해진 이곳은 우리가 꿈꾸던 가장 이상적인 기숙사라고 할 수 있다.

나에게 YMCA란?

결론부터 말하면 Y가 있었기에 나는 내 꿈을 향해 나아갈 수 있었다. 내 가족이 처한 환경에서 내가 갈 수 있는 곳은 그 어디에도 없었다.

그곳은 단지 수영을 할 수 있고, 내게 가족과 친구를 안겨주고, 여러 멘토들을 만나게 해주었으며, 대학에 갈 수 있도록 해준 그 이상이었다.

가족들은 이민을 왔으며 무척이나 가난해서 나는 어떤 곳에도 다닐 형편이 못되었다. 내가 바꿀 수 있는 것은 아무것도 없었지만 나에게는 여전히 꿈이 있었다. Y는 바로 내 꿈을 이룰 수 있는 그런 곳이었다. 곧 나는 이번에야말로 내가 가질 수 있는 단 한 번의 기회라는 것을 알아차렸다. 내가 할 수 있는 유일한 방법이었다.

내가 Y에 준 것은 정직함 뿐이었지만 Y는 내게 모든 것을 주었다.

내 가족이 처한 환경에서는 꿈을 이루기 위해 내가 할 수 있는 것이 아무것도 없었다. 따라서 Y는 내가 안전하다고 느끼고 일상생활을 할 수 있는 유일한 곳이었다.

Y에서는 모든 것이 단순했다. 그저 열심히 노력하면 좋은 결과를 얻을 수 있었다. 다른 어떤 것도 신경 쓸 필요가 없었다. 내가 아무리 노력해도 가족에게 멋진 집을 사주지도 못하고 시민권을 얻을 수도 없지만 여기는 그런 것과는 상관이 없는 곳이었다. 그 어떤 것도 나를 막을 수 없다는 느낌이 들었다. 나는 더욱더 열심히 노력했고 더 나은, 그리고 더 많은 결과를 얻을 수 있었다. 그랬더니 어느 날 갑자기 그 모든 노력들은 내가 생각지도 못한 대가로 돌아왔다.

내가 시합에서 더 좋은 성적을 내기 시작하자 동료들이 내게 일종의 존경심과 같은 감정을 느끼고 있다는 것을 알게 되었다. 코치님들과 동료 수영선수들 그리고 주변의 모든 사람들이 내 재능을 주시해보는 것 같았지만, 실은 시합에서의 집중력과 준비성에 대해 놀라고 있었다.

물론 내 노력이 점수판에 기록될 때마다 보상을 받는다는 느낌이 들었지만 이것은 뭔가 다른 것이었다. 세상의 모든 사람들로부터 존경을 받고 있는 것과 같은 완전히 새로운 종류의 느낌이었다. 그들은 내가 원하는 것을 모두 다 가진 것처럼 보였으니 말이다. 그들은 이 나라에 속해 있고, 시민권자이며 좋은 차와 멋진 집도 있고 너무도 행복한 가족이 있었으며, 세상에 걱정할 일이 없는 그런 사람들이었다. 그리고 이민국의 결정을 기다리는 사람들도 아니었다. 그런 그들에게 내가 집중되고 있었다('나에게 Y란'에 대한 주제로 쓴 리포트용 글이다. 여기서 Y란 와이코프 YMCA 수영 팀을 의미한다).

CSA 멘토 지원 신청서를 쓰다

왜 멘토링에 관심을 갖게 되었는지 편지형식으로 설명하십시오. 왜 우리 학생들과 같이 하려는지, 왜 당신이 우리 프로그램에 적합하다고 생각하는지, 그리고 당신의 관심사나 경험과 관련된 내용을 써주세요. 내용은 2페이지를 넘지 않아야 합니다.

멘토가 되고 싶다는 생각을 갖게 된 것은 어린 시절의 경험 때문이다. 가난한 이민자였던 나는 크림슨 장학금(Crimson Scholar)과 유사한 장학금을 받은 적이 있다. 우리 가족은 내가 10살 때인 8년 전 미국으로 이민을 왔다. 나에게는 너무나 갑작스러운 일이었고 아는 사람도 없는 이곳에서 완전히 낯선 언어와 문화를 접하게 되었다. 선생님이 무슨 말씀을 하시는지도 모르는 채 조용히 교실에 앉아 있는 날이 많았으며 숙제를 제대로 할 수도 없었다. 부모님은 내가 학교수업을 제대로 따라가지 못한다는 것을 아셨지만 그분들도 영어를 할 줄 모르셨기에 나를 도와줄 수가 없었다. 따라서 나 혼자 모든 것을 새로 시작해야 된다는 것을 알게 되었다. 말하는 법과 살아가는 법을 완전히 처음부터 다시 배워야 했다. 절망스러울 정도로 힘들었던 시기였기에 완전히 낯선 이곳에서 나에게 하나하나 가르쳐줄 멘토가 있었으면 하고 바라기도 했다.

다행히 수영부에 들어가면서 그런한 멘토들을 많이 만날 수 있었다. 코치님들은 내게 수영만 가르치신 것이 아니었다. 내가 다른 일들도 해낼 수 있도록 끝까지 도와주셨다. 팀 동료들은 나에게 최고의 친구가 되어주었고 영어를 배우는 데 있어서도 없어서는 안 될 역할을 해주었다. 새로 만나게 된 이 멘토들 덕분에 성적도 월등히 향상되었고 미국 문화에 완전히 젖어들 수 있었다.

내가 처해 있던 주변 상황과 경험 덕분에 누군가의 삶에 관심을 가져주고 인도해주는 사람들이 얼마나 필요하고 소중한지 알게 되었다. 내 코치님들과 동료들이 그랬듯이 나도 크림슨 장학금을 통해 멘토가 되어 다른 사람들의 삶에 영향을 미칠 수 있다면 내게는 큰 영광이자 기쁨이 될 것이다.

하버드에서의 1년을 추억하며

2013년 5월 20일, 1학년의 마지막 날이다. 텅 비어버린 캠퍼스의 평화로움은 한때 이곳을 가득 채우고 있던 생명체들을 모두 먹어치운 것만 같다. 더 작아진 소음과 더 많은 생각만이 남아 있다.

하버드 캠퍼스의 친구들이 여행 가방을 차 안에 쑤셔 넣거나 복도 아래쪽으로 질질 끌고 있는 모습을 바라보면서 내가 이곳에서 1학년으로 지내는 동안 일어난 모든 일들을 추억하지 않는 것은 불가능하다는 것을 깨닫는다.

1학년들이 몽땅 자기 부모님의 차에 올라타고 케임브리지를 떠나는 모습은 정말 놀랍도록 슬프고도 생각에 잠기게 하는 장면이었다. 여기서의 모든 것은 한 사람이 아닌, 우리 모두가 하나가 되어 차근차근 쌓아 올린 커다란 집합적 경험이었다. 우리 모두가 이 경험을 만드는 일에 동참했다. 그런 의미에서 정말 감격적인 날이었다. 그 동안 나를 보듬어준 풍선 같은 행복에 작별을 고하기가 그리 쉽지만은 않았다.

지난 8월에 도착해서 이곳에 머무는 동안 나는 이 세상에 지금 우리가 있는 곳과 다른 세상이 존재한다는 사실 자체를 거의 잊고 지냈다. 캠퍼스라는 환상적인 풍선 속으로 들어오면 빠져나가기란 정말 어려운 일이다. 그건 마치 한번 들어서면 절대 다시는 밖으로 나가고 싶지 않은 신화 속 도시 같았다. 아니면 어른이 되고 싶지 않은 아이들이 살고 있는 피터팬의 네버랜드라고 할까?

사람들이 빠져나가자 나는 생각에 잠겼다. 내가 할 수 있는 일이라고는 천천히 기숙사로 돌아가 내 침대에 기대앉은 채 가만히 추억에 잠기는 것뿐이었다. 음악을 틀고 눈을 감은 채 입학해서 지금까지를 차근차근 더듬어 보기 시작했다. 1학년은 내게 절대 잊을 수 없는 순간들로 가득했다. 그리고 그런 감정들이 나를 바꿔놓았다.

나는 다프트 펑크의 '시간의 파편'이란 노래를 들으면서 점점 그 노래 속으로 빠져들었다. 가사는 내가 절대 원하지 않았던 끝으로 향한다. 갑자기 모든 게 분명해지는 듯하다. 인간의 경험과 이 세상의 존재하는 모든 것들은 단지 끝을 위해 존재한다. 결국에는 인간의 경험 외에는 남는 것이 없다. 사실에 대해선 괘념치 않는다. 우리가 신경 쓰는 건 우리에게 감동을 주는 이야기들이다.

노래를 듣고 있자 내 머릿속으로 수많은 순간들이 아로새겨졌다. 노래 제목처럼 1년이라는 시간의 파편들이 내 머릿속을 빠르게 스쳐 지나갔다.

하버드 수영 팀과 함께 한 1학년의 시작은 팀원 중 한 선배 부모의 별장이 있는 로드아일랜드의 피셔스 아일랜드(어부의 섬이란 뜻)에서부터였다. 우린 훈련도 하면서 재미있게 보냈다. 그런 다음 도시로 돌아와 다시 기차를 타고 학교로 이동했다.

팀의 일원이 된다는 것은 진짜 특별한 무언가가 있는 것 같다. 다들 자신 말고는 서로가 누군지도 모르고 캠퍼스를 서성이고 있지만 팀에 들어간 친구들은 벌써 40명이나 되는 친한 친구를 하버드에 두게 되는 것이다. 우린 입학도 하기 전부터 떼를 지어 학교를 다녔다. 이것 때문에 나는 이곳 생활에 적응도 빨리 할 것이라는 감이 왔고, 학기 초부터 무척 편안한 느낌으로 학교를 다니게 되었다.

아침 연습을 위해 일어나는 일은 전부터 있어 온 일이지만 그리

하버드 수영 팀과 로드아일랜드의 피셔스 아일랜드에서

쉬운 일은 아니다. 하지만 하나둘씩 내가 있는 기숙사 슈트라우스 밖으로 나오는 팀원들을 보기 위해 기상하는 것은 정말 잊을 수 없는 멋진 일이었다.

나는 텅 빈 캠퍼스의 기숙사에서 2012년 8월부터 올해 5월까지 이어져 온 1년 동안의 추억에 잠기며 이 글을 쓰고 있다. 정말 내 인생에 있어서 가장 좋았던 9개월간이라고 할 수 있었다. 그리고 내 존재를 확인할 수 있는 값진 경험을 했다. 그 경험은 내 얼굴과 몸 그리고 생각을 새로이 형성해 미래로 나를 이끌어줄 것이다.

하버드는 내게 집을 주었다. 내게 행복을 주는 풍선이 될 수 있는 장소를 말이다. 나는 단 한 번도 이곳에서 다른 곳으로 가고 싶다는 생각이 들지 않았다.

다음은 HMSD(Harvard Men's Swimming and Diving) 비디오와 미국수영협회(USA Swimming) 공식 유튜브 사이트에 올라 있는 동영상 중 11학년 여름에 있었던 대회 모습이다. 나는 2011년 롱코스 전국 챔피언십 대회 남자 200미터 버터플라이 결승전에서 1위로 우승했다. 그리고 나머지 하나는 북뉴저지(North Jersey) 매거진이 제작한 나에 대한 동영상이다.

https://www.youtube.com/watch?v=lc9kxMP22AY Season Preview

http://youtu.be/gDfZWUreS6Y

http://youtu.be/U4WNh_l1_yk

나는 나를
이렇게 다뤘다

24시간을 낱낱이 나눠서 분배했다

시간을 분배해서 어떻게 효율적으로 사용하느냐가 가장 힘든 과제 중 하나였다고 할 수 있다. 누구나 똑같이 주어지는 24시간이지만, 그것을 어떻게 사용하느냐에 따라 성공과 실패가 달려 있다고 생각한다. 나 또한 그것을 깊이 인식하고 있었기 때문에 시간을 좀 더 잘 사용하려고 안간힘을 썼다.

난 친구들과 노는 것도 몇 분 동안 어떤 게임을 할지 생각하며 철저히 그 안에서 즐겼다. 그 결과 우수한 점수를 받을 수 있었다. 또한 한순간도 침대에 누워 빈둥거리지 않았다고 할 수 있다. 그건 내 사전에 없는 일이었다. 짧은 시간이라도 최대한 집중하려고 노력했으며 대충 끝낸다는 생각을 제일 경계했다.

그러다 보니 가끔 시간초과가 불가피하게 생길 때가 있었다. 그러면 하던 것을 중단하고 내 시간표대로 돌아가곤 했다. 처음에는 그것이 숨 막히는 것 같았어도 나중에는 거의 체질화되었다고 할까? 오히려 힘든 것도 습관이 되면 편하다는 생각을 하게 되었다.

한 번은 친한 친구의 집에서 생일파티가 있었다. 30분 정도 시간을 내려고 참석했는데, 그만 나도 모르게 시간이 초과되고 말았다. 나는 친구들의 만류도 뿌리치고 부랴부랴 집으로 돌아왔다. 그리고 그만큼 시간을 보충하거나 집중하려고 노력했다. 나로선 있을 수 없는 일이기 때문이었다.

누구나 등교시간과 하교시간은 정해져 있다. 하지만 그 외의 시간은 분 단위까지 세밀하게 나눠서 계획을 짜는 것이 좋다고 생각한다. 조금은 숨 막히는 일이지만, 앞서 말했듯이 그렇지 않으면 경쟁에서 이길 수 없는 것이 현실이니 말이다.

물론 이것은 나의 경우를 말하는 것이다. 다른 사람은 또 다르게 더 효율적인 방법으로 공부를 할 수도 있을 것이다. 아무튼 나로선 하루 4시간만 더 있다면 얼마나 좋을까라는 생각을 많이 했다. 24시간으로는 좀 빠듯했기 때문이다.

종종 공부와 수영 중에서 어느 것이 더 어렵냐는 질문을 받곤 하는데, 나로서는 수영이 더 어렵다고 생각한다. 그건 철저히 나와의 싸움이기 때문이다. 물론 공부도 마찬가지지만 수영은 나를 극복하기 위한 피나는 노력을 더 경주해야 가능하지 않나 싶다. 하지만 늘 준비하고 노력한 만큼 그 결과가 주어진다는 것에는 수영과 공부, 둘 다 같은 선상에 있다고 생각한다.

하루 2~3시간은 반드시 수영에 집중했다

나는 학교공부만 해도 바쁜 일정이었지만, 시간을 쪼개어 하루에 2~3시간은 반드시 수영을 했다.

나는 야구와 골프, 색소폰 연주, 탁구, 농구 등 여러 가지 취미를 가지고 있는데, 부모님께서 경제적 여유가 있어서 그런 것들을 배울 수 있었던 것이 아니라 어떤 것이든 재미를 붙이고 열심히 노력하다 보니 어느 날 이렇게 다양한 취미를 갖게 된 것 같다. 나는 앞으로도 사람이 배울 수 있는 것이면 무엇이든 도전해보려고 한다. 그리고 수영에서 터득한 정신력으로 세계적인 기업인이 되어 사회에 공헌하는 꿈을 갖게 되었다.

내가 처음 수영을 배운 것은 아주 어릴 때였다. 아마 학교에도 들어가지 않은 나이에 한국에서 부모님과 수영장에 가서 헤엄을 친 것이 시작이었던 것 같다.

그리고 나서 미국에 와서 한동안은 야구에 관심을 쏟았다. 그러다가 우연한 기회에 수영을 다시 하게 되었다.

나는 플로리다에서 열린 12살~19살까지 미국 전 지역 수영선수들이 참가하는 USA YMCA 내셔널윈터 수영대회에서 뉴저지 출신으로는 최초로 결승에 진출, 10등에 오르기도 했다. 이를 두고 14살에 최고 기록을 수립한 것은 물론, 전 종목 결승에 진출하는 쾌거를 이뤘다고 언론들은 대서특필하기도 했다.

그보다 앞서 열린 뉴저지 주니어 올림픽에서는 9개 전 종목 우승을 차지했다. 미국에 와서 11살 때 수영을 시작한 내가 수영 입문 1년 만에 11~12살 부문 50야드와 100야드, 200야드 평영과 100야드와 200야드 혼영에서 뉴저지 신기록을 세운 것이다. 이중 200야드 접영은 1984년 이후 깨지지 않던 종전 기록 1분 55초에서 1초 26을 앞당긴 1분 53초 34를 기록했다.

나는 12~14살 부문 배영 100야드, 평영 100야드, 접영 200야드, 개인혼영 200, 400야드 등에서 신기록을 세우는 등 무려 10개 종목에서 뉴저지 주 신기록을 갖고 있다. 이 기록은 한 개만 있어도 스포츠 특기자(수영)로 대학입학이 가능해 수영 신동이란 평까지 받는다. 2005년 JCC 수영대회 11~12살 전 종목 우승을 시작으로 각 주 및 전국 20여 대회에서 우승을 이어갔으며 2008~2009년 전미 13~14살 수영성적 3위를 기록했다.

2012년에는 '스위밍미트오브챔피언' 대회에 출전해 두 부문에서 우승, 준우승을 각각 차지했으며 2009, 2011, 2012년에는 올해의 수영선수(http://youtu.be/U4WNh_l1_yk)로 선정되기도 했다.

나는 지금까지 각종 수영대회에 참가하여 많은 수상의 영예도 맛보았는데, 상을 받을 때의 기쁨도 크지만, 1등을 했을 때의 그 짜릿함은 인간이 그 어느 것에서도 느낄 수 없는 최고의 매력적인 일이 아닌가 생각한다. 그때만큼은 나의 모든 힘겨움이 제로로 돌아가는 순간이며 무념무상의 상태가 된다. 앞으로도 그런 경지에 자주 오르고 싶다.

일주일의 일정은 시작하기 전에 세웠다

미리 일정을 세워두지 않으면 언젠가는 실수하기 마련이다. 우리 가족은 일주일 전에 일정을 세우는 것이 아닌, 대개 1년 계획을 촘촘하게 세웠다. 학교생활도 대부분 1년 단위로 계획이 세워져 있을 뿐만 아니라, 수영선수로서의 생활도 대략 큰 일정은 정해져 있기 때문이다.

이렇게 생활을 하다 보니 미리 계획을 세우지 않고 즉흥적으로 처리하면 당황스러울 때가 많다. 그렇지만 삶은 일정대로만 되는 것이 아니어서 종종 그럴 때가 되면 당황스러움을 어느 정도 즐길 수 있는 여유도 생겼다. 그건 늘 계획을 세우는 버릇 때문에 생긴 좋은 현상이라고 할 수 있다. 아무튼 일주일의 일정은 늘 주초에 검토하며 철저히 지켜나갔다.

유튜브를 통해 배웠다

방이 하나뿐인 우리 집에선 내 인터넷 사용량에 대해 부모님이 굳이 감시를 할 필요가 없었다. 나는 무척 많은 것들을 인터넷을 통해 배울 수 있었다. 유튜브는 내게 골프와 바둑, 수영, 농구, 야구를 가르쳐주었다. 심지어는 칸 아카데미(khanacademy.org), MIT Scratch 프로그래밍(scratch.mit.edu), 노리(knowre.com) 등을 통해 배울 수 있었는데, 선생님이나 학원을 찾을 필요 없이 나 혼자 공부할 수 있었다. 인터넷을 교육 목적으로 사용하자 엄청난 자원이 된 것이다.

방이 하나인 공간에서 온 식구가 함께 사는 것이 유리한 점이 한 가지 있다면 그것은 인터넷 사용에 대해서 부모님이 따로 감시할 필요가 없다는 것이다. 그런 좁은 공간에서는 동생과 내가 뭘 하고 있는지 부모님이 다 볼 수 있기 때문에 굳이 우리와 함께 앉아서 우리가 뭘 하고 있는지 지켜볼 필요가 없었다. 덕분에 우리도 인터넷의 놀라운 힘을 빌려 학교에서 배울 수 없는 것들을 정말 많이 습득할 수 있었다. 다른 사람들은 돈을 주고 배우는 것을 우리는 공짜로 배운 셈이다.

유튜브는 내 능력 향상에 가장 많이 사용하는 학습 도구이다. 나는 수영 테크닉에 관한 동영상을 수백 편도 넘게 봤다. 그래서 집에서 마이클 펠프스의 버터플라이를 연구한 다음 나중에 수영장에 갔을 때 그 폼을 따라 하는 방법으로 따로 돈을 들여 레슨을 받지 않고도 내 스트로크를 가다듬을 수 있었고, 기량 향상을 위해 다른 사람의 도움을 받을 필요가 전혀 없었다.

어떤 면에서는 마이클 펠프스가 간접적으로 내게 코치를 해준 것이고 유튜브가 우리 둘을 함께 있게 만들어 준 셈이다. 이것이 전부가 아니다. 골프를 치는 방법을 배우고 싶으면 똑같은 방법으로 하면 되었다. 인터넷으로 프로들의 스윙을 관찰한 다음 밖으로 나가 스윙 연습을 했다. 얼마 지나지 않아 나는 이 세상의 모든 기술을 배우고 싶은 욕심이 생겼다. 나는 농구선수 코비 브라이언트의 슈팅 테크닉을, 야구선수 알렉스 로드리게즈의 배트 스윙을, 그리고 박태

환 선수의 자유형을 분석했다.

우리가 온라인으로 배울 수 있는 것엔 한계라는 것이 없었다. 이 기회에 유용한 무료 학습 웹사이트를 만들고 운영하는 모든 분들에게 감사를 표한다. 우리는 강사도 필요 없는, 교실 밖의 배움터에서 우리가 배우고자 하는 것을 얼마든지 배울 수 있다.

고강도 학습을 했다

나는 공부하는 기술이나 비밀을 갖고 있지 않다. 내가 공부하고 과제를 완성하는 방법은 다른 사람들이 그것을 하는 방법이나 절차와 다를 것이 없다고 생각한다. 그리고 누구나 효과를 볼 수 있는 공부 기술이라는 건 존재하지도 않는다고 생각한다.

하지만 공부할 때 반드시 지켰던 원칙은 한 가지 있다. 이 원칙을 따라 했다기보다는 이러한 확신을 받아들일 필요가 있었다. 기본적으로 공부를 할 수 있는 시간이 절대적으로 부족했기 때문에 이 방법으로 할 수밖에 없었다.

앞서도 말했지만, 나는 항상 24시간으로는 하루에 필요한 모든 것을 끝마칠 수 없다고 생각했다. 내 스케줄에 맞춘 가장 이상적인 하루는 26~27시간 정도였다. 그래야 내가 생활하는 데 필요한 것과 내가 하고 싶은 일들을 다 할 수 있었다. 내 시간적인 제약 때문에 나는 모든 면에서 다른 사람보다 더욱 효율적으로 시간을 활용할 수밖에 없었다.

나는 무언가를 할 때는 거기에 모든 것을 집중했다. 한눈을 팔거나 불필요한 일에 노력을 기울일 시간이 없기 때문이었다.

이 원칙은 공부를 할 때도 똑같이 적용되었다. 시간 관리야말로 학업 성적을 구성하는 중요한 요소라는 사실은 잘 알면서도 실행이 쉽지 않다. 대부분 사람들이 공부에 많은 시간을 투자할수록 더 좋은 결과를 얻을 것으로 믿고 있지만, 사실은 그렇지 않다.

앞에서도 언급했지만, 고등학교 시절에 하루도 빠지지 않고 매일 수영 연습을 했기 때문에 나는 밤 10시 무렵에야 집으로 돌아왔다. 따라서 저녁식사를 마치고 잠자리에 들기 전까지 내가 활용할 수 있는 시간은 겨우 1시간 아니면 2시간 정도였다. 왜냐하면 매일 아침 5시에는 어김없이 일어나 왕복 1시간 거리의 수영장에 가서 연습을 해야 했기 때문이다.

그런 생활이 매일 반복되었다. 그 짧은 시간 동안, 나는 그날 해야 하는 공부와 숙제를 전부 끝내야 했다. 나는 단 한 번도 소중한 내 취침 시간과 몸을 회복시킬 수 있는 시간을 희생하지 않았다. 그래서 저녁을 먹고 난 이후의 얼마 안 되는 시간 안에 숙제와 공부를 모두 마쳐야 했다. 그러다 보니 덕분에 나는 고강도 학습을 하게 된 것이다.

이것이 바로 내가 적은 시간을 투자하고도 좋은 성적을 유지할 수 있었던 비결이다. 고강도 학습이라는 것은 일정 시간 동안 다른 일에 한눈을 팔지 않고 오직 공부에만 완벽하게 빠져드는 것을 말한다. 나는 고강도 집중 상태에서 공부를 했고, 그렇게 1시간을 공부하는 것이 집중하지 않고 질질 끌면서 3~4시간 공부하는 것보다 훨씬 좋은 효과를 냈다.

내가 습득한 원칙 덕분에 이룰 수 있었던 것이 몇 가지 있다. 그 중에 내게 수영을 통해 얻은 근면성이 없었다면 아마도 공부를 포기했을지 모른다. 특히 바둑은 내게 장시간 동안 한 가지에 확실하게 집중할 수 있는 뛰어난 능력을 주었다. 이 두 가지가 아니었다면 그렇게 빠듯한 일정 속에서 그만큼의 성적을 올린다는 것 자체가 불가능한 일이었을 것이다.

학교 수업이 끝난 후에는 항상 스포츠 등 과외활동을 했다

나는 학교 수업이 끝난 후에는 항상 스포츠 등의 과외활동을 했는데, 1주일에 단 하루도 쉰 적이 없었다. 반복해서 말하지만, 나는 단 한순간도 빈둥거리지 않았다고 말할 수 있다. 엄밀하게 말해서 빈둥거릴 수가 없었다. 이 원칙에 절대로 어긋날 수가 없었기 때문이었다.

그렇다고 이 원칙들이 처음부터 쉬웠던 것은 결코 아니었지만, 아버지와의 전투(?)에서 번번이 패배하고 나서, 그리고 내 어깨에 드리워진 우리 가족의 미래를 생각하면 결코 그것을 저버릴 수가 없었다.

가난하고 비전이 없는 빈곤한 이민생활의 고리를 끊을 수 있는 유일한 키를 갖고 있는 나는 스스로 강해져야 했다. 여동생 클리오를 위해, 그리고 어머니를 위해, 강철처럼 강하지만 자식을 위해서는 한없이 약한 나의 아버지를 위해, 그리고 내 자신을 위해 나는 이 원칙들을 피할 수 없었다.

혹자는 운동만을 잘해서 하버드에 들어갔다고 생각할 수도 있을 것이다. 하지만 나는 운동만 잘하는 것으로 하버드에 들어가고 싶지 않았다. 그것은 내 사전에 있을 수 없는 일이었다. 그래서 학업에도 최선을 다했다. 나는 한마디로 사람이 운동만 하거나 공부만 열심히 한다면 그건 자신의 능력을 전부 발휘하는 것이 아니라고 생각한다.

뉴스와 인터넷 서핑을 통해 교육과 건강관련 정보를 매일 확인했다

아버지는 뉴스와 인터넷 서핑을 통해 교육과 건강 관련 정보를 매일 확인하면서 선수생활에 필요한 각종 정보를 제공해주셨는데, 각 지역의 도서관에서 쌓여 있는 신문과 책에서 유익한 정보거리를 확인하느라 한시도 쉴 틈이 없으셨다. 집에서 틈이 날 때면 윙윙거리는 고물 노트북의 인터넷 공간에서 당신만의 지혜를 동원해서 우리에게 필요한 온갖 보물을 캐내어 듬뿍 제공하셨다.

농구, 수영, 줄넘기, 훌라후프, 달리기, 윗몸 일으키기를 했다

우리 가족이 지켜야 하는 규율 중의 하나인 체력단련 방법으로 농구, 수영, 줄넘기, 훌라후프, 달리기, 윗몸 일으키기는 이제 우리에게 일상이 되었다.

내가 고등학교를 다닐 때 가장 즐겨하던 운동 중 하나는 농구였다.

시간이 나면 친구들과 동네 공터 농구장에서 농구를 하거나 아니면 학교에서 농구를 하곤 했는데, 농구는 키가 크는 데도 좋고 무엇보다도 그 순간만큼은 친구들과 즐겁게 떠들면서 시간을 보낼 수 있어서 좋았다.

줄넘기는 수영 시작 전에 늘 하곤 한다. 내 동생 클리오는 지금도 한 번 점프에 두 번씩 돌리면서 무려 500번을 거뜬히 해낸다. 겨우 열두어 살 정도의 여자애가 말이다. 뿐만 아니라 그 아이의 훌라후프, 윗몸 일으키기, 달리기 실력은 대단하다고 할 수밖에 없다.

대학에 들어오기 전에는 나도 거의 매일 하는 편이었다. 왜냐하면 나는 매일 수영을 했기 때문이다. 지금도 내 동생 클리오는 이 원칙을 지키고 있다.

배팅, 플레잉 캐치, 테니스, 스쿼시를 할 때
양손을 다 사용할 수 있도록 트레이닝했다

우리 아버지는 혹독한 조련사다. 우리가 수영선수이기 때문에 양손에 힘과 근육이 골고루 발달하도록 트레이닝을 시키셨다. 야구도 왼쪽, 오른쪽으로 배팅을 해야 했으며 이러한 양손 쓰기 방식은 모든 방면에서 동일하게 수행되어야 했다.

이를테면 플레잉 캐치, 테니스, 스쿼시를 할 때 양손을 다 사용할 수 있도록 연습을 해야 했다. 덕분에 나와 내 동생은 오른손잡이임에도 양손을 자유자재로 활용할 수 있다. 이른바 양손잡이가 된 것인데, 결과적으로 수영을 할 때 큰 위력을 보인다. 클리오는 이런 트레이닝 덕분에 수영에서 신기록을 만들어가고 있다.

하루 4끼 식사를 했다

내가 만일 수영선수가 아니라면 이 경구는 단연코 거절해야 할지 모른다. 나는 체력 보충을 위해 하루에 4끼의 식사를 계속 유지해야 했다. 아침, 점심, 저녁, 그리고 마지막으로 하루 훈련이 끝난 밤 10시나 11시경이다.

　시합이 있을 때는 정말 엄청 먹어야 한다. 수영 황제 마이클 펠프스는 대회가 있을 때 하루에 1만2천 칼로리가 필요하다고 밝혀서 사람들을 놀라게 한 적이 있는데, 결코 과장이 아니다. 연습과 실제 경기에 소요되는 엄청난 칼로리를 생각하면 나의 소박한 4끼 식사는 부족할 뿐이었다.

인내심, 집중력, 분석력을 기르는 바둑을 꾸준히 익혔다

나는 한국에 살 때 바둑을 배웠는데, 짧은 기간 동안에 아마 4단을 땄다. 바둑은 인내심과 집중력과 분석력을 기르는 데 큰 도움을 준다.

　나는 6살 때 바둑을 처음 접했다. 10살 때는 한국기원 공인 아마추어 4단이 되었고, 이후 미국에 와서 수영과 학업에 열중하면서도 바둑에 대한 흥미는 계속 가지고 있었다.

　틈틈이 시간이 나는 대로 온라인으로 바둑을 공부한 덕에 앞서 말한 대로 나는 하버드에서 바둑 클럽을 만드는 데에 주도적인 역할을 할 수 있었으며, 클럽 내에서 최고수로 대접 받을 수도 있었다.

바둑으로 인해 나의 어릴 적 산만한 버릇들이 고쳐질 수 있었다고 생각한다. 또한 그것은 마음이 심란해지거나 주의력이 필요할 때마다 나를 제자리에 있게 해준 원동력이 되었으며 공부를 할 때도 인내심과 집중력을 갖고 분석을 하는 버릇을 갖게 해주었다.

재능 있는 수영선수라면 개인 코치를 두고 훈련을 하지만, 나는 꿈도 꿀 수 없는 일이었다. 대신 유튜브를 통해 세계 최고의 미국 수영선수 마이클 펠프스의 수영법 등을 분석해서 내 것으로 만들 수 있었다. 이러한 능력을 터득할 수 있었던 것은 바둑에서 배운 집중력과 인내력 그리고 분석력을 통해 얻어진 것이라 믿는다.

사교성을 기르기 위한 파티에 참석했다

우리 부모님은 당신들이 알고 있는 미국문화를 어설프게 가르쳐주기보다 직접 체험하도록 기회가 생길 때마다 나를 미국인 친구들의 집에 보내셨다.

아침 7시, 정확하게는 새벽 5시부터 수영장에 가서 밤 11시에 집에 돌아올 때까지 나는 집을 떠나서 학교와 수영장 등에서 생활을 했지만, 실제로 미국인들의 가정집이 아니면 그들의 문화를 잘 이해할 수는 없는 일이었다.

고등학교 4년 동안 내가 주말파티나 개인 초대에 참가한 숫자는 자그마치 81회에 이른다. 9학년 때 10회, 10학년 때 15회, 11학년 때 20회, 그리고 마지막 12학년 때에는 36회로 기억하고 있다.

주로 미국인 친구들 집에 초대되어 가는데 한 번도 초대한 친구의 부모님이 계시지 않을 때가 없었다. 수영 팀의 친구들이 대부분이었는데, 다들 어마어마한 저택에 살고 있었다. 친구 아버지가 직접 고기나 피자 등을 구워 내오고 세상의 이런 저런 이야기를 나눌 수 있었는데 그런 과정을 통해서 나는 미국 사람들의 삶을 깊이 있게 경험할 수 있었다.

내가 비록 가난한 집안에서 자랐지만 언제 어느 곳에 가더라도 예의범절이나 그들의 문화에 전혀 이질적이지 않게 느끼는 이유는 이렇게 직접 그들의 삶 속으로 뛰어들었기 때문이다.

주변의 어떤 분에게서 한국에서 유학을 온 사람들 중 주로 대학원에서 석·박사 과정을 마치고 한국에 돌아간 소위 유학파 중에 반미 성향의 지식인들이 일부 있다는 얘기를 들었다. 이들이 왜 쉽게 반미 성향을 보이는지 나는 이해할 수 있다. 그 이유는 미국 가정의 진정한 모습을 제대로 경험하지 못한 채, 전 세계에서 몰려든 대학원생들과 함께 생활하면서 자연스럽게 미국의 부정적인 문제에 대해 많은 이야기를 나누게 되고 학업에 몰두하다가 귀국을 하기에 제대로 된 미국사회를 경험할 기회가 없기 때문이라고 여겨진다.

그런 반미 성향의 유학파 지식인들이 한국에 쌓여가는 것이 아쉽기도 하다. 꼭 나처럼 미국인들의 삶 속으로 깊숙이 들어갈 수 있는 경험을 많이 했으면 싶다.

시합장 외진 곳에 취사도구를 갖다 놓고 끼니를 해결했다

뉴저지 주립 럿거스 대학에는 올림픽 규모의 수영장이 있어서 중요한 대회가 그곳에서 많이 열리는데, 천식이 있는 아버지는 수영장 내로 들어가서 오래 계실 수가 없기도 하거니와 다른 아이들처럼 근처의 호텔에서 묵거나 식당에서 밥을 사줄 여력이 안 되어 우리는 늘 수영장 한 귀퉁이를 점령해야 했다.

수영장 한쪽에 돗자리를 깔고 그곳에서 전기밥솥에 밥을 지어 먹을 수밖에 없었는데, 처음에는 대학 경비원들과 심한 실랑이를 벌였지만 태산처럼 버틴 아버지는 그들을 이겨내고 터줏대감처럼 군림

숙식을 해결할 곳이 없어서 시합장 한쪽에 자리를 펴고 밥을 해먹었다.

하셨다. 오로지 내게 쉴 공간과 밥을 먹이기 위해서 말이다. 또한 경기가 시작되면 주변 사람들을 의식하지 않고 오로지 나를 위해 고래고래 고함치며 응원하시던 아버지의 모습을 잊을 수 없다.

　내 부모님의 자식을 위한 희생에 대한 이러한 예는 수없이 많다. 시간과 돈을 절약하기 위해서는 어떤 선택의 여지가 없는 방법들이었다. 나도 이러한 것이 남들 눈에 창피하지 않은 것은 아니었지만, 내일의 희망이란 것이 있기에 그것만을 바라보며 앞으로 묵묵히 나아갈 수 있었다.

알람은 오전 6시 5분에 울린다. 나는 빨리 소리를 끄기 위해 침대 위에서 휴대폰을 찾느라 손을 더듬거린다.

나는 완전히 잠에서 깨기 위해 침대 위에서 몇 차례 더 뒹굴거리다 침대에 걸터앉은 채 물 반병을 들이킨다. 룸메이트인 제이크를 깨우진 않았는지 확인한 다음, 렌즈를 끼고 코트와 스카프를 걸친다. 그런 다음 걸어가면서 먹을 생각으로 체키 바를 하나 집어 들고 밖으로 나간다.

기숙사 밖으로 나온 나를 기다리는 건 카나데이 기숙사에서 나온 내 팀 동료들인 크리스티안, 라이언, 스티브 그리고 로버트다. 우린 매일 아침 6시 13분에 나와서 내가 머물고 있는 슈트라우스 기숙사 앞에서 만나 수영장까지 걸어간다.

우리는 곧장 걸어나가 하버드 스퀘어를 가로지른다. 어딜 가나 춥다. 우리가 걷는 동안 들려오는 소리라곤 우리의 부츠가 눈 속에 반복적으로 빠지는 소리뿐이다.

　우리는 JFK 스트리트까지 걸어가서 찰스 강 위로 뻗은 다리를 건
넌다. 강에는 보트가 부드럽게 미끄러지며 물 위를 가로지르고 있
다. 마치 미래를 향한 발걸음을 한 발 한 발 내딛는 것처럼······.

　우리를 향해 희미한 여명이 비추고 있다. 발걸음은 수영장을 향하
고, 우리는 미래를 향해 나아가고 있다.

내 나이 19세,
한순간도 빈둥거리지 않았다

초판 1쇄 인쇄 | 2014년 8월 10일
초판 1쇄 발행 | 2014년 8월 15일

지은이 | 임지우
펴낸이 | 강대하
펴낸곳 | (주)오늘
디자인 | 모아 김성엽
종이 | (주)진영지업
인쇄 | (주)제일프린테크
제본 | (주)성화제책
등록일 | 1980년 5월 8일 제2012-000082호
주소 | 서울시 영등포구 선유서로 67, 102-201호
전화 | 02-719-2811(대)
팩스 | 02-712-7392
홈페이지 | http://www.on-pubilcations.com
전자우편 | oneull@hanmail.net

ISBN 978-89-355-0517-3 03800